眠り姫と百合の騎士
お姫様はマゾ責めがお好き!?
小説：遠野渚
挿絵：焔すばる

Character

クリス・ベロニカ

騎士の家柄で生まれ、厳しく躾けられてきた。ティリアを大事にしすぎるあまり、頑なになってしまう一面も。

ティリア・ファレノプシス・オーキッド

オーキッド王国の第一王女。ふわふわとした態度を取りつつも、国とクリスのことを何よりも大事に考えている。

ミント

ティリアの幼少の頃から世話をしてきたメイド。幼い見た目だが二人よりも年上のお姉さんで、よき理解者でもある。

第一章　眠り姫の宿命

「私は男として育てられてきた。そしてこれからも、騎士としてティリア様をお守りしていく剣であり、盾であり続ける――」

　クリスはネックレス……、シルバーチェーンのトップに通されている紫紺の涙滴をかたどった宝石を握りしめるたびに、この国の第一王女、ティリア・ファレノプシス・オーキッドと出会ったときのことを思いださずにはいられない。

「我がベロニカ家は、代々王家の近衛兵として仕えてきた。それはクリス、お前も例外ではない。クリス、お前は王家の剣であり、盾でなければならない」

　王家の近衛兵として仕えている父の教えのとおり、クリスは男として育て上げられて、幼少のころから剣術を叩き込まれてきた。

　クリスが三歳になったとき、普通の女の子であれば人形をプレゼントされるであろうところを父から木製の短剣とスライムを模した張り子を与えられ、意味も分からずひたすらに打ち叩いてきた。

　本格的な訓練が始まったのは五歳のころから。

　そのときクリスは新品の騎士の礼装……桃色のブレザーに白のブラウス、若葉色のタイ。

動きやすいように水色のプリーツスカートは脚の付け根が見えそうなくらいまで短く詰め、ショーツが見えないように白タイツを与えられた。

男として育てられてきたとはいえ、クリスだって女だ。

(ちょっと、可愛いかも？　礼装だけど動きやすいし、近衛兵もいいかも)

子供心にそんなことを思ったが、しかしクリスはすぐにベロニカ家に生まれてきたことを後悔することになる。

「踏み込みが足りんっ」

「くぅ！」

毎日のように父から激しく打ち据えられ、模擬剣とはいえ白タイツで覆われている太ももはいつも痣だらけだった。

何度厳しい訓練から、そして厳格な父から逃げ出そうと思ったかは分からない。それはとにかく、数え切れないほど。

鬱屈《うっくつ》した思いを溜め込むクリスだったが、ある日を境にして考えが大きく変わることになる。それはクリスが六歳、そしてティリアが五歳のときのことであった。

ある日、父に連れていかれたのはオーキッド城の前庭にある薔薇園だった。

色鮮やかな、そして色とりどりな薔薇が咲き誇り、アーチとなって訪れる者の目を楽しませてくれる。

「これからティリア様にお会いするから失礼のないようにな」

「はい、父上」

父に返事をしながら、しかしクリスは別のことを考えている。

(私が守るに値する存在なのか、じっくり見定めさせてもらうことにしよう)

六歳の少女が考えるにしては、あまりにも分不相応なこと。

だがそれも無理はない。

父の後ろについて薔薇園を歩くクリスの全身には、痣が何ヵ所もできているのだ。

それもこれも、まだ会ったことのないお姫様の剣となり盾となるため。

万が一、その姫に失望することなどがあったら——。

クリスは、本気でこの国から逃げ出そうと考えていた。

だがそんな愚かしい考えは、ティリアを見た瞬間に吹き飛ぶことになる。

(お美しい——)

それがクリスの第一印象だった。

小柄な銀髪のメイドにアフタヌーンティーを注いでもらいながら、場外に設えられた白いガーデンテーブルのセットの椅子に腰掛けた少女。

白魚のような指先でティーカップの持ち手をつまみ、傾けている少女を前にしていると、一枚の絵画に迷い込んだかのような錯覚に陥る。

まだまだ幼い顔立ちながら、非の打ち所のない挙措。

流れるような銀髪はやや冷たい青色を宿し、しかし瞳は王妃譲りの深い紫紺。

白のオフショルのワンピースからは惜しげもなく陶器のように透けた素肌を晒し、裾から覗ける足首は、折れそうなくらいに細い。

鎖骨に少し力を入れただけで壊れてしまいそうなほどに華奢《きゃしゃ》。

一目見て直感した。この少女が、私が守る存在――。

ティリア・ファレノプシス・オーキッド。

つまり『私のティリア様』なのだ、と。

この少女のために生まれてからこの六年間、鍛錬に励んできたのだ、と。

その苦労がこの邂逅で、一瞬にして吹っ飛んでいた。

「あら、あなたは？」

ティリアはこちらに気づいたのか、ゆったりとした落ち着いた動作で手にしていたティーカップをソーサーに置くと、口を開くのだった。

「あなたがわたしを守ってくれるという、ベロニカ家の騎士様……？」

きっとスズランの花でできた鈴がこの世に存在したのなら、こんな綺麗な音で鳴るのだろうな、と思えるような、どこか哀しさを含んだ透き通った声。

クリスは呼びかけられているということも忘れて聞き惚れてしまう。

「これ、クリス。ティリア様に自己紹介をせんか」

父に言われて、我に返る。クリスは背筋をピンと伸ばして言うのだった。

「わ、私は……、クリス・ベロニカっ。近衛兵として、僭越《せんえつ》ながら姫様の剣となり、盾となるために日々鍛錬している者ですっ」

緊張のあまり、自分でもなにを言っているのか分からなくなってしまう。

だけどそんなクリスのことを、ティリアは柔和な笑顔で迎え入れてくれるのだった。

「そう、あなたがクリス……。これからよろしくね、クリス。こんなに素敵な騎士様に守ってもらえるなんて、わたしはなんて幸せ者なんでしょう。そうだ、ミント。クリスとお父様にアフタヌーンティーの準備を」

「もっ、もったいないお気遣い……っ」

「ティリア様、そのようなお気遣いは無用です」

ここは父と娘で揃って固辞するも、しかし横に控えていた小柄な銀髪メイド……ミントは、そつなくアフタヌーンティーを調《ととの》えてしまう。

「クリスのお口に合えばいいけど。この薔薇園で摘んだ薔薇の花びらを使った紅茶なの」

ここまで勧められて断るのも逆に失礼だ。クリスはガチガチに緊張しながらも、ティーカップのワンポイントを折らないように気をつけながらつまみ……少しだけ、口に含む。

「…………お、美味しい、です」

なんとか一言だけ感想を絞り出すも、緊張のあまりほとんど味を感じることができなかったというのが正直なところだ。

しかしそんなクリスを、ティリアはたった一言で更に翻弄《ほんろう》するのだった。

「そんなに緊張しなくてもいいのに。そうだクリス。誓いのキスをしましょう」

「キ、キス⁉」

いきなりキスだなんて言われて、クリスは頬を真っ赤にさせてしまう。

キスといえば、唇と唇を合わせて……、それはたまに父に連れて行ってもらった観劇で見かけたことはあるけど……！

頬が火がつきそうなほどに熱い。

そんなクリスを見て、ティリアもあらぬ誤解を招いたことに気づいたのだろう。

「キスと言っても、その……わたしの手の甲に……。それともクリスは、わたしの唇のほうがお好きかしら？」

イタズラっぽく微笑み、人差し指で自らの瑞々しい唇に触れるティリア。どこまでが本気なのか、底が知れないところが怖い。

とても一つ年下……、五歳の少女とは思えないほどに。

「めっ、滅相もございません！　姫様の唇にキスなど……っ」

「そう……？」

ティリアはイタズラっぽく微笑むも、しかしどこか哀しそうな表情を浮かべてみせる。

それがクリスを戸惑わせるとも知らずに。

クリスは慌てながらも、

「そ、それでは誓いのキスを……！」

もはやこうなると、ティリアのことを品定めしてやろうとか、この国から逃げ出してやるだなんて考えは、水平線の彼方へと吹き飛んでいる。

「姫様。私はこの身を尽くし、あなたをお守りすることを誓います！」

「ありがとう。あなたの想いに応えられるよう、皆の上に立っても恥ずかしくない者になることを誓います。それでは、誓いのキスを」

「……はっ」

クリスは跪《ひざまず》くと、差し出されたティリアのたおやかな指先に見惚《みほ》れてしまう。

（私とは違う、戦いを知らない指先……）

手は、ときに口よりものを言う。

ティリアの手は、剣の修行に明け暮れてきたクリスとは違って、ふっくらとして柔らかい。

（あれ、身体、熱くなってきてる？）

不思議なことに、ティリアの手を取っているだけで身体中が熱くなってくる。こんな感覚、初めてのことだ。

（この小さな手を……、ティリア様を守っていきたい……この命に代えても！）

「クリス？　どうしたの？」

どうやら小さな手を見つめ、かなりの長いあいだ黙り込んでいたらしい。

しかしそれは逡巡《しゅんじゅん》ではない。クリスなりの決意の表れだった。

だがそれでもこの手にキスをするのは躊躇ってしまう。

「……私なんかがキスをして、姫様の手を穢してもいいのでしょうか？」

「なにを言ってるのです？　わたしは、これからあなたに守ってもらうのです。いわば一心同体。二人で一人になるということなのです。それなのに穢すだなんて」

優しい口調であっても、凛とした確かな意思を感じることができる、ティリアの言葉遣い。跪いたクリスは、頬を赤くしながらもティリアのことを見上げている。紫紺の瞳には、きっと自信なさげに見えていることだろう。

するとティリアは聖母のように微笑んでくれるのだった。

「わたしがあなたのことを信じているように、あなたもわたしのことを信じて下さい」

「……はっ、姫様っ。私は、この身をティリア様の盾とし、そして剣となっていかなる災いからも守ることを誓いましょう！」

「よろしくね。わたしのナイト様」

「はい。……姫様」

ちゅっ――。手の甲に、触れるだけのキス。たったそれだけなのに、唇が蕩《とろ》けそうなほどに熱を帯び、なぜかぶわっと唾液が溢れ出してきてしまう。

（な、なにこれ……っ。勝手につばが溢れ出してきて……、あっ）

嗅覚までも敏感になっているらしい。

ティリアの指の隙間から、ささやかな汗の香りが漂ってきていた。だけど嫌な匂いではない。青い芝生のような、爽やかな香りだ。

（もっと深くキスをしたい……。姫様とキスをしたい……）

六歳の少女ながらにして、クリスはそんな激情に駆られてしまう。

じゅわり……、下着の内側にヌルリとした感触が広がる。

思い返してみれば、クリスはこのとき初めて濡れた。夜になって風呂に入るとき、木綿の女児ショーツのクロッチの裏側にパサパサしたものがこびりついていて、変な病気なんじゃないかと心配になったものだ。だけどそれはその後の話。

しかしそんなことを知るよしもないティリアは言うのだった。

「それでは誓いの証を。ミント、あれを持ってきて」

「はい。既にご用意してあります」

「ありがとう」

ティリアが小さな宝石箱から取り出したのは、紫紺の涙滴を象ったネックレス。

「このネックレスには不思議な力があるの。持ち主の寿命を半分削って、その者の大切に想っている人へと生命力を与えるというの。このネックレスを、クリスに授けます」

「はっ、有難き幸せ。いざとなったら、私の寿命を削って姫様をお助けしたく思いますっ」

「……それ、本気で言ってるのかしら？」

底冷えするようなティリアの声色。思わず気圧されてしまう。

「えっ？　あの、なにか……」

「しきたりだから渡さなくてはならないけど……。クリス、あなたにはこのネックレスの

力を使って欲しくはないのです」

「ですが……」

「もしもあなたに将来好きな人ができたときに、寿命を半分も削ったりなんかしたら……、それはかけがえのない時間を奪ってしまうことになるでしょう？　それに、わたしのことはあなたが剣となり盾となり守ってくれるのですよね」

「た、確かにそうですが……っ」

口では言いながら、クリスは別のことを考えてしまっている。

言葉にしそうになって、すんでのところで飲みこむ。

(姫様……、いまこの瞬間より、あなたより大切な存在など……っ)

ただ、眼差しはティリアの紫紺の双眸《そうぼう》から離れてはくれなかった。

「そんなにわたしの瞳が珍しいのかしら？」

「えっ？　ああっ、失礼しましたっ」

クリスは慌てて立ち上がると、父の横に立って背筋を伸ばす。

(姫様の手のひら、柔らかかったな……。もう一度、キスしたい)

幼心で、そんなことを考えてしまう。できれば、唇に。

だけどそれが許されないことは、クリスが一番よく理解している。

近衛兵とはいえ、一介の貴族の身。

しかも同性……女の子同士でのキスだなんて、あまりにも度が過ぎている。

しかしクリスはティリアを見つめていると、口内でなにかを求めるかのように唾液が溜まり、舌をもごもごしてしまう。

これはティリアと出会ってからの、クリスの悪癖となる。

☆

「……ス、……リス？」

意識の遠いところから声が聞こえてくる。

「リス……クリス」

どうやら名前を呼ばれているようだ。それでもティリアとの出会いの記憶をほんの少しだけ惜しんでいると——。

「クリス！　立ったまま寝てると……こうなんだから！」

「うわわ！」

耳元に吹きかけられた吐息に、クリスは女性らしからぬ悲鳴を上げてしまった。

「んもう、クリスったらどうしたのよ。ボーッとしちゃって」

「えっ？　あ、ああ、すみません。ちょっと考え事を……」

クリスが意識を取り戻したのは、アフタヌーンティーを楽しむティリアに何度も声をかけられ……、更には耳元に吐息を吹きかけられたからだった。

このときになって、クリスは薔薇園で午後の紅茶を楽しんでいるティリアを、直立不動で警護していることを思いだす。

どうやら、少し昔のことを思いだしていたようだ。

それも無理もないこと。

この薔薇園に設えられたガーデンテーブルでティリアがお茶を楽しんでいるのは、クリスと初めて出会ったときと、まるで同じような光景だった。

しかし実際にはティリアは女性らしく成長し、クリスも騎士として逞《たくま》しく成長した。

出会いから、十年が経った——。

ティリアは同性のクリスから見ても、贔屓目なしに美しく成長したものだと思う。

しかしティリアはそのことを鼻にかける様子はない。むしろ子供のようなイタズラっぽい笑みを浮かべると、直立不動で立っているクリスを覗き込んでくる。

「それでさ、でさ、どうしちゃったのかな？　クリスったらボーッとしちゃってさ」

「えっ？　ちょっ、なんでもありませんって。気にしないで下さい。姫様」

「気にするなって言われると、余計に気になってしまうものでしょう？　クリスったら、最近ボーッとしてることが多くない？　なにか悩み事でもあるの？」

「い、いえ……」

クリスは戸惑ってしまう。クリスの身長は百六十センチほどある。これはティリアよりも十センチほど高いので、こうやって覗き込まれていると、オフショルのワンピースからふっくらとした双丘が覗けていて……。

（む、胸の谷間に視線が……っ）

自然と頬が熱くなり慌てて視線を切ろうとするも、ティリアはすべてお見通しとでも言うかのように小悪魔っぽい笑みを浮かべてみせる。

「クリスったら相変わらず朴念仁なんだから。見たかったら正直に見たらいいのに。同じ女の子なんだしさ。出会ったときから全然変わらないのね」

「ひ、姫様こそからかわないでくださいよ。そ、その……」

「えへへ、おっぱい、また大きくなっちゃったみたい」

「だからからかわないでくださいって。分かりましたからっ」

ティリアはおっぱいを両側から寄せて上げると、クリスの眼前には同性であっても目の毒になりそうなほどの谷間が形成される。

ティリアはあのときと……、初めて会った十年前のころと変わらぬ柔和な……しかしどこか小悪魔っぽい笑みを浮かべてみせる。

しかしティリアがこのような小悪魔的に振る舞うのはクリスの前でだけだ。

ティリアは、この国の寵愛を一身に受けて成長してきた。

青みがかった銀髪はお尻を隠すほどに長く豊かで、瞳の色は王妃譲りの紫紺。

扱い方を間違えれば壊れてしまいそうな華奢な身体を白のオフショルのワンピースで包み、そのくせに乳房は服からこぼれ落ちそうになっている。

ただすれ違っただけでは冷たい印象を与えかねない美貌だが、ティリアはよく笑うし、そのときに小さなえくぼができているから、美しいというよりも、可愛いといったほうが近い。

それに対してクリスは、ティリアの近衛兵として騎士団からも、そして民衆からも人望の厚い立派な騎士として成長していた。

騎士の礼装に身を包み、白タイツで覆われた脚は引き締まりながらも女性的な曲線美を描いている。その腰には、装飾が施された細身のレイピアを差していた。

しかしそのレイピアはただの儀礼用の飾りではない。

王国主催の武術大会では毎回のように上位に食い込み……首位だけは毎年父には譲っているが……この国の男には、父以外負け知らずとなっていた。それもこれも父の鍛錬のおかげなのだが、そのせいかクリスには男が寄ってくる気配はなかった。

そのせいでクリスは年頃だというのに、恋愛はからっきしだった。

そんな事情を知ってか知らずか、ティリアはイタズラっぽい笑みを浮かべる。

「はは～ん、分かっちゃった」

「な、なにがです？」

「クリスの悩みの種、分かっちゃったの」

「わ、私は別に悩んでなんか」

「隠さなくったっていいんだから。好きな人でもできたんでしょ。むふふ」

「なっ⁉」

思わぬ不意打ちに、クリスはむせ返りそうになってしまう。

ただでさえ、強すぎる女には男が寄りついてこないっていうのに。

　クリスは一つ咳払いをすると、

「私は剣の道一筋なのです。ですから色恋沙汰にかまけている暇など、一秒一瞬たりともないのです」

「え〜っ？　それじゃあ、好きな人、いないの？」

「いません！」

　ついついクリスは、なんの迷いもなく言い切ってしまう。

　だけどその言葉を聞いたティリアは、

「そう、なんだ」

　ほんの少しだけ哀しそうな顔をしてみせた。けれども、それは一秒にも満たない時間。家族よりも長い時間をティリアと過ごしているクリスだからこそ気づいた変化だった。

（なんだったんだろう）

　クリスがちょっとした引っかかりを感じていると、ティリアは何事もなかったかのようにティーカップのワンポイントを優雅につまむと薔薇香る紅茶を口に含んでいる。

　そんなティリアを見つめながら――、

「あと、五年、か……」

　クリスは我知らずに呟いてしまう。

　庭園の薔薇を愛でているティリアを見つめていると、この華奢な身体に『眠り姫』という重責を背負っているということを忘れてしまうことがある。

眠り姫──。それはこの世界を守るために、連綿と受け継がれてきた存在。

古い時代のこと。

この世界は夜になると、物の怪や獣の類いが跋扈《ばっこ》し、人々は神隠しや陵辱、略奪に怯えながら暮らしていた。

人々は夜になると家の扉を閉めて閂《かんぬき》を刺し、一歩たりとも出ることができなかった。

この忌まわしき古い時代を、平和になった今では『獣の夜の時代』と呼んでいる。

そんな獣の夜の時代を終わらせたのが、北の盟主フロックス王国の第一王女だった。

彼女は慈愛と眠りの神ポピレアから天啓を授かったと宣言すると、自らを眠り姫と称し、婚約者とともに北方にあるユグドラシア礼拝堂で永遠の眠りについた。

それからというもの、眠り姫とその婚約者は世界を慈愛で包み込み、永きに渡って人類を『獣の夜の時代』から守るのだった……。

この眠りを、人々は『永遠の午睡《ごすい》』と呼び、心から眠り姫に敬意を表し、平和を享受していくことになる。

めでたし、めでたし。

……と、ここまで聞けば世界は平和になってハッピーエンドといったところだが、そうそううまくいってはくれない。

(眠り姫の寿命が、そろそろ尽きようとしている……)

クリスは内心穏やかではなかった。

眠り姫が、その役割を永遠に務めるわけではないということだ。

つまり眠り姫と、その婚約者……便宜上の騎士には、いつか寿命がやってくる。

眠り姫とその騎士によって寿命はまちまちだが、大体は二、三十年ほどで寿命を迎え、その役割を全うする。そして眠り姫が寿命を迎えると、次の眠り姫……、各国持ち回りの二十歳を迎える前の第一王女が眠り姫として選ばれる。

それはつまり――、
なにを隠そう、クリスの目の前で薔薇を愛でているティリアに他ならないのだ。

(姫様、そのような重責を負っているというのに、なぜ自然に微笑んでいられるのです？)

しかしその重責も、あと五年で終わる。

ティリアが二十歳の誕生日を迎えると、眠り姫として選ばれるのは、次の候補になっている国の第一王女に移る。

「あと五年……。それまで今の眠り姫が寿命を迎えずに保ってくれれば……」

そうすれば、ティリアは眠り姫という重責から解放されることになる。

重責から解放されたティリアは、すでに婚約している相手……、ノヴァシュタット王国の第一王子ゲオルグと結婚し、幸せに暮らすことになるのだろう。

それ自体が政略結婚といわれればそのとおりなのだが、それでも眠り姫となって一生を終えるよりはいいはずだ。

（私ごときがこんなことを考えているだなんて、とても姫様には言えないが、な）

口の悪い奴は、眠り姫のことを『人柱』だなんて言う者もいる。

（確かに、そのとおりだがな……）

とはクリスも何度思ってきたことか。

だがティリアは眠り姫としての運命を受け入れているらしい。

「んもう、またクリスったら難しい顔してる。もしかして、また眠り姫のこと考えてたんじゃないでしょうね」

「な、なぜ⁉　そ、そんなこと考えていませんよ⁉」

とっさに否定しても、声が上ずる。これじゃあ肯定しているも同然だ。

「やっぱり。もうそのことを考えて難しい顔をしててもしょうがないでしょう？　それにもしもわたしが眠り姫になったら、世界中の人たちを守ることができるのよ？　こんなに素晴らしいことってないと思うけどな」

「でも、姫様には幸せになって欲しい……っ」

「クリスがそう思ってくれるのは、とても嬉しい。でも、わたしはあなたにも幸せになって欲しいの」

「私は姫様をお守りすることに幸せを見出しているのです」

「それじゃあわたしがノヴァシュタットの第一王子……確か名前はゲオルグ……でしたっけ……と結婚したとしても？　最後に会ったのは五年前……まだわたしが十歳のころだけ

ど。でも、会ったのはこの一度きり。ゲオルグだって、あのときは確か……二十代半ばくらいじゃないかしら。細かいことは覚えてないけど。でもキザったらしいのはよく覚えているわ。あれは女を泣かすタイプの男ね」

「ちょっ、姫様、周りに誰もいないとはいえ、さすがに許嫁をあんまり悪く言うのは。それに呼び捨てというのも。立派な王の資質を備えているという可能性も、万が一にもあるかもしれませんし」

我ながら酷い言い方になってしまったと思うけど許して欲しい。ティリアを取られたくないのは本心だし。

「……でも、将来わたしがゲオルグと結婚するとして……、あなたはそれでもわたしのことをずっと守ってくれるのかしら？」

「そ、それはもう……もちろんです」

「それじゃあ、もしもわたしが眠り姫となってゲオルグと一緒に『永遠の午睡』につくことになったら、ずっと見守ってくれるのかしら？」

「も、もちろんですとも」

応えながら、しかしクリスは胸がチクリと痛むのを感じた。

しかもなぜかティリアは不満顔。

「ふーん、そうなんだ」

「ど、どうしたのです？　私はなにか失礼なことを言いましたか？」

「そんなの自分で考えなさい、朴念仁」

そ、そんなことを言われても……。

恋愛はおろか、剣の道一筋でやってきたので人付き合いは得意なほうではない。

クリスは短く「はっ……」と応え、直立不動で警備を続けることにした。そんなクリスを見て、ティリアは悩ましげなため息を漏らしている。

(女心というのは分からないものだな)

いや、それを言ったら自分だって女なんだけど。クリスが黙ると、自然と薔薇園は沈黙に包まれてしまう。沈黙を破ったのはミントだった。

「ティリア様、お茶のお代わりです」

「ありがとう」

ティリアの陰に立つようにしている小柄な銀髪のメイドは、音一つ立てることなく紅茶を注いでいく。

初めてミントと出会ってからも十年が経つことになるが、ミントだけはほとんど変わることはなかった。

初対面のころは、当時十二歳の年相応の小柄な少女だった。

だがそんなミントは、十年が経っても当時のままで成長が止まっていた。

すでに成人しているはずだが——、なにか若さの秘訣があるのかと、クリスは一度だけ聞いたことがあるけど、どうやらそれはミントのコンプレックスだったらしい。

それから数日は口をきいてくれなかったのは怖い思い出だ。……ただでさえミントは無口で表情の変化に乏しいところがあるし。

ミントはお茶のお代わりを注ぐと、再びティリアの陰に隠れるようにして立つ。

ティリアはティーカップを持つと、また少し、口に含む。

それからなにかを思いついたのか、イタズラっぽい笑みを浮かべると、

「そうだ、クリスも飲んでみてよ。今朝わたしが薔薇園で摘んだ花びらを使ってるの」

「ありがとうございます。それではお言葉に甘えて」

「はい、どうぞ」

「えっ？　あ、あの……、姫様？　同じカップというのはさすがに」

「なに恥ずかしがってるのよ。女の子同士なのに。ほーら、ここなんてオススメよ」

ティリアはカップを回すと、たったいま口をつけていた部分を……、ピンクのルージュがついている部分を勧めてくる。

「それとも、わたしとの間接キスはいやなのかしら？」

「か、間接キス……ッ！　へ、変なこと言わないで下さいよっ」

「ふふっ、クリスったら、顔を真っ赤にして可愛いんだから。クリスのことをちょっとからかってみたくなっただけよ。本気にしないで」

「えっ？」

本当は恥ずかしくて決意できなかっただけなのに。

ティリアはカップに口をつけると、一気に飲み干してしまった。

☆

「ああああ！　なぜあのとき、私は躊躇ってしまったんだろう！」

クリスが後悔していたのは、その日の深夜のことだった。

城内に自室としてあてがわれている執務室兼寝室のキングサイズのベッドで顔面を枕に押しつけていると、今日の昼の出来事が何度も蘇ってきてしまう。

「あのとき、もっと素直になっていれば、姫様の使ったカップに……」

それはつまり、間接キス。

ティリアと初めて出会ったときの誓いのキスを思いだして、唇が熱くなってきてしまう。

ティリアの手の甲の感触を覚えているのは、もうこの唇しかない。あの感触を思いだすたびに、クリスの唇は火がついたかのように熱くなっていた。

（……って、私はなにを考えているんだ⁉）

熱くなった唇に触れ、クリスは理性を取り戻す。

ティリア様には許嫁がいるのだ。

二十歳を迎えて眠り姫の宿命から解放されることがあっても、ゲオルグとの結婚はすでに決まっていること。

クリスは近衛兵として祝福しなければいけない立場であるというのに。

それなのに、ティリアとの間接キスができなかったことに悶々としているだなんて、我ながらどうかしていると思う。

(ティリア様には許嫁がいるのだ。その仲を邪魔するわけにはいかない。それに女同士でキスしたいだなんて……そんなこと姫様に知られたら、絶対に嫌われるっ)

クリスはベッドで羽毛の枕に顔を押しつけながら、恥ずかしさのあまりに苦悶の声を漏らしてしまう。こうしていること三十秒ほど。息が苦しくなってきて、クリスは顔を真っ赤にさせながらも枕から顔を上げた。

「トイレ……」

どんなに恥ずかしくても、生理現象には敵わない。

クリスはベッドから降りると、揺らめく炎を抱えたランプを片手に部屋を出る。一歩進むたびに丈の長いワンピースの裾がふくらはぎを撫でていく。寝間着はいつも白のワンピースタイプのものを着ることにしていた。

ランプの灯りに照らし出されるのは、重厚な石造りの廊下。

ちなみにクリスが使っている近衛兵執務室兼寝室は、ティリアの部屋の隣にある。ティリアを守るという仕事上、それは当然のことだった。

トイレに行く前は、必ずティリアの部屋の前を通ることになるのだが……。

「うう……ううう～」

「……んん?」

クリスは足を止める。ティリアの部屋から呻き声が聞こえてきたような気がしたのだ。

「気のせいか？」

とは思うけど、近衛兵という立場上、見て見ぬ振りはできない。

すでにときは日付が変わった深夜。

　クリスは、ゆっくりとティリアの部屋へと続く、瀟洒な胡蝶蘭の彫刻が施されたドアを開けていくと――。

「うっ、ううう、んんっ」

　ティリアの呻き声が、より鮮明なものになる。

　それと同時に、ドアの隙間から、むわ……っ、甘くもやや生臭さを帯びた香りが溢れ出してきたではないか。しかしクリスは、そのことに気づかなかった。

　それよりも、もっと衝撃的なことに視線が釘付けになっていたのだ。それは――。

「んっ、ううっ、んっ、ふう……っ」

　ベッドの上でだらしなく足を開いて、獣のように低いうなり声を上げていたのは、一糸まとわぬ裸体となっているティリアだった。

　雲が割れて、格子窓から青白い月光が射し――、陰影が浮き上がった裸体は、ほんのりと朱に色づいている。

(ひ、姫様……!?)

　クリスは驚愕《きょうがく》のあまり、手にしていたランプを落としそうになってしまう。クリスの考えていることが正しければ、ティリアは恐らく……。

（姫様が、オナニーをしている、のか……⁉　あの姫様が……っ）

剣となり、盾となり守り抜こうと誓った、一つ年下の少女。

その女の子が、いつの間にかオナニーを覚えて、暮夜に自らを慰めているとは……。そ
れはショックなことだったけど、なぜか目を離すことができなくなってしまう。

幸いなことに、ティリアはこちらに背を向けているので、ちょっとくらい扉の隙間から
覗いたくらいでは気づかれることはない。

こちらに背を向け、かすかに痙攣《けいれん》するたびに華奢な肩甲骨が浮き上がり、うっすらと汗
が滲《にじ》み出してきている。

（姫様が、あの姫様が……）

官能的な桃色に染まる、ティリアの背中を見つめながら、クリスはランプを持っていな
いほうの手で自らの股間にあてている。

無意識のうちに寝間着をギュッと握り、ワンピースの股間の部分はしわしわになる。

クリスに見られているとも知らずに、ティリアは淫靡《いんび》な行為へと沈み込んでいく。

くちゅ、くちゅくちゅ……。

月夜に照らされた静まりかえった部屋に、ネットリとした水音が響き渡る。

（姫様、濡れてるんだ）

じゅわり、クリスの秘筋も熱を帯びてきて、クロッチの裏側に淫汁が広がっていく。そ
れでもクリスは目の前で行われている秘め事から目を逸らすことができなかった。むしろ

食い入るように見つめてしまっている。

(これ以上見てはいけない……分かってるのに。それは分かっているのに……っ)

ティリアだって、自ら望んでのオナニーではないかもしれないのだ。

それは、眠り姫としての宿命――。眠り姫が眠りにつく前に、伴侶となる騎士とたった一度だけの初夜を過ごし、純潔を捧げる。

そのときに、ミントから聞いた話によると、騎士となる婿と同時に絶頂しなければならないらしいのだ。

だから、きっとそのときのための練習なのだろう……。

(早くこの場から離れないといけないのに……っ。姫様の恥ずかしいところをこれ以上見るわけにはいかない……そ、それに……っ)

いま、この瞬間にティリアの脳裏に浮かんでいるのは、クリスではないのだ。まだ一度しか会ったことのない許嫁……、ゲオルグのことを考えているに違いなかった。

(なにも見なかったことにしよう……)

クリスは心の中で呟くと、そっとドアを閉めようとする。

しかしティリアの口から発せられる言葉に、クリスは凍りついてしまった。

「……リス……。ああ、ク、リス……んんっ、はぁっ」

一瞬、覗いていることがバレてしまったのかと思った。

だけどそれは違うようだ。なにしろティリアは無心にクチュクチュと自らの股間を弄《もてあそ》んでいるのだ。

いくら普段から堂々としているティリアとはいえ、見られているというのに一人エッチに耽《ふけ》ることなどできるはずがないだろう。

(それでは、なぜ私の名前を呼んだ……?)

それは単純な疑問だった。

一人エッチをしているというのに、なぜ私などを? ここは許嫁……ゲオルグを夢想しながら行為に耽るというのが普通だと思うのだが……。

覗いてはいけないという背徳的な想いは、いつの間にか興味へと変わっている。

だがティリアは背後から覗かれているとも知らずに、官能の泥沼へと踏み込んでいく。

「クリス……んんっ、だ、だめ……っ。そこはぁ……ぅうっ、敏感になってるから……んっ、ふうっ。ううっ、もっと、もっと強く……おっぱい、さわってぇ……っ」

(な……!?)

クリスは思わず声を上げてしまいそうになった。

もしかして自慰に耽っているティリアの脳内に浮かんでいるのは、ゲオルグではなくて、自分自身なのでは?

そう思ってしまってから、クリスは首を横に振って否定する。

(ま、まさか姫様が私のことを好きなわけが……っ)

女の子同士なのに。しかもティリアにはこの国を……いや、この世界を共に背負うこと

になるやもしれない許嫁もいるというのに。

ただ名前を呼ばれただけだというのに、クリスの秘筋は更に熱く濡れ、つつと内股を一筋の愛液が流れ落ちていく。

それでもティリアの行為は止まらなかった。

「んっ、はっ、はううっ、もっと、もっと強く……おっぱい、んんっ、あんっ！」

ティリアは月夜に浮き上がる身体を扇情的にくねらせて、少しずつ昂っているようだった。それもクリスのことを思い浮かべて。

キュッとくびれたウエストにはうっすらと汗が浮き上がり、ふっくらとしたお尻は意外と脂が乗っているようだ。クリスの引き締まったお尻とは違って、女の子らしく丸々としていた。だけど太っているというわけではない。きっと指を食い込ませていくと、すべやかで気持ちいいことだろう。

……クリスは、ティリアの扇情的なダンスを見ながら、そんなことを考えてしまう。

ティリアの一糸まとわぬ裸体は、同性のクリスでさえも釘付けにしてしまうほどの無垢な魔性を帯びていたのかもしれない。

しかしそのダンスは、意外な形で終わってしまうことになる。

「んっ、はううぅ…………。はぁ、はぁ、はぁ……」

自らの乳房と秘部に触れていたティリアは、切なげな吐息を漏らしながらも全身から力を抜いていく。

まだ、絶頂していないだろうに……なぜ？

その疑問は、ティリアの独白によって氷解していくことになる。

「はぁ、はぁ……。つ、疲れちゃったよ……。なんかおまたムズムズするけど、本当にこのやり方であってるの……？」

ティリアは自らの淫汁に濡れている指先を、月明かりにかざしてみせる。

親指と、人差し指のあいだに、つつと月光をまとった銀糸が橋を架け、消えていった。

「おまた、こんなに濡れてるのに……それなのに、ムズムズするだけで気持ちいいのか分からないし……。ミントに見せてもらった本にはこうすれば気持ちよくなるよー、みたいに書かれてたのに、みんなは本当に気持ちよくなれるのかしら」

ティリアは、しどけなく広げていた両脚を閉じ、女の子座りになると、再びクチュクチュと淫筋を弄んでいるようだった。

だがその指先に、若く瑞々しい身体は応えてくれてはいないようだ。静まりかえった部屋に、単調な水音が響き渡るばかりだった。

「どうしよう……。このままだと、将来殿方と一緒になるとき、幻滅されてしまうかもしれないのに……。ミントには気分が乗ったときでいいから練習しておけって言われたけど、どうやって気持ちよくなるか分からないのに、気分もムードもなにもあったもんじゃないしっ。本当にやり方、あってるのかしら」

ティリアの独白に、ほんのかすかな怒気が混じっているように感じられる。それはほんのかすかな違い。ティリアとよほど長い時を過ごしていないと分からない些細な変化。

「大体、眠り姫になったら、殿方の騎士様と同時に絶頂？　するってどういうことよっ。そんなこと急に言われても、意味分からないしっ」

ティリアはちょっとだけイラついているのか、ぼふぼふと羽毛の枕を叩いている。その様子がどこか可愛く思えてしまうのは、クリスでさえも自分のことを親馬鹿なのかなと思ってしまう。これ以上覗き見をするのは良くないことだ。

クリスはゆっくりとドアを閉めようとし――、しかし、その手が止まってしまった。

「クリス……」

ティリアが、ぽつりと自分の名前を呟いたからだ。

それはクリスが気になっていたけど、忘れようとしていたことでもあった。オナニー中に自分の名前を呼ばれているだなんて、その理由を確信してしまったが最後、理性が溶けてしまいそうだったから。明日から、まともにティリアの顔を見ることができなくなってしまうに違いなかった。

だけど、クリスはドアを閉めることもできず聞き耳を立ててしまう。

「ミントには好きな人を思い浮かべながら『する』といいよって言われたけど、そんなこと言われても、わたしの好きな人は……」

ここまで呟いたティリアは、こてん、ベッドの上に前のめりに倒れ込んでしまう。

それは発情した雌犬のようにお尻を突き出している、とても他人には見せられないような体位。しかもクリスの角度からは、ティリアのお尻が丸見えになっていた。不幸中の幸いか、月光の影になっていて会陰から秘部にかけては見えなかったけど。

　まさかクリスがドアの隙間から覗いているとも知らずに、ティリアは欲求不満げにお尻をフリフリしていた。

　そしてかすかに聞こえてきた、虫の鳴くような呟く声。

「クリスのこと、好きなのに……」

　その言葉に、クリスは目を見開いてしまう。

　一瞬、聞き間違いかと思った。それほどまでに現実離れしていて、そして夢のような言葉だったから。

(姫様……、ティリア様が、私のことを……好き……？　いや、そんなはずは)

　だがそんなクリスの想いを知らずに、ティリアはぽつりぽつりと呟くのだった。

「この指先を好きな人のものだと思ってエッチをすればいいってミントは言ってたけど……わたしの恋は……初恋の人は女の子だっていうのに……」

(いや、そんな馬鹿な……っ)

　クリスはお尻を突き出して切なげに振っているティリアを眺めながら、息をすることさえも忘れていた。

　守るべき対象であるティリアの初恋の相手が、まさか……!?

　それはとても嬉しいことだったけど、重責となってクリスの双肩にのしかかってくる。

いくら近衛兵とはいえ一介の貴族。

しかも女の子同士でだなんて、身分違いどころの問題ではない。

それでもティリアは止まってはくれなかった。

「クリスのことを考えながらエッチなことしてるだなんて知られたら、きっとクリスに幻滅されてしまう……こんなの絶対におかしいのに。……ああ、クリスッ、なんで女の子に生まれてきたのよっ。あんなにかっこいいのにっ」

（そ、そんなことを言われても……）

クリスは人知れず肩をすくめてしまう。

（私だって、男に生まれてこられるものなら生まれてきたかった……！）

しかしその声がティリアに届くはずもない。また、いま届いたとしても大変なことになるに違いない。ここはそろそろ退散しておいたほうが良さそうだ。ティリアのためにも。

このままだとティリアのことを押し倒してしまうかもしれない。

（まさか、姫様が私のことを考えてオナニーしていただなんて）

ゆっくりと静かにドアを閉めると、クリスは大きなため息をついてしまう。その息は、思っていたよりも熱く、甘くなっていた。

（そうだ、トイレ行かないと）

ティリアの秘め事を覗いているうちに、トイレに行く途中だったということをすっかり忘れていた。だが――。

（やだ、こんなに濡れてるなんて）

歩き始めたとたん、クリスは顔をしかめてしまう。クリスの秘部も、熱くなって濡れそぼっていたのだ。

ヌルリ……ッ、ほんの少し身じろぎをしただけだというのに、まるでショーツの中に生卵の白身を流し込まれたかのようにヌルヌルになっている。

内股にも愛液が這《は》い落ちていく感触。きっと、ワンピースタイプの寝間着の中では、おもらしをしたかのようにショーツがぐしょ濡れになっていることだろう。

（あんなのを見てしまって……、明日から姫様とどんな顔をして会えばいいのだろう？）

クリスは濡れそぼったショーツに顔をしかめながら、真っ暗な廊下を歩き始めた。

☆

「うーん、今日もすっきりと晴れてていい天気ねっ」

翌日。ティリアが、思いっきり背筋を伸ばすと、春の暖かなそよ風が、氷のような銀髪を嬲《なぶ》っていく。その笑顔には、ゆうべ自慰に耽っていた残滓《ざんし》さえも感じられない。

オーキッド城の最上階である五階のティリアの自室から外に出ると、そこはバルコニーになっていて、今日のような晴れ渡った日には眼前に広がる青空を眺めながらお茶を楽しむことができた。

このバルコニーは、ティリアの、そしてクリスのお気に入りの場所だった。

「ほら、見てごらんなさいよ、クリス。薔薇園が迷路みたいになっているわよ」

「ひ、姫様っ。そんなに身を乗り出すと危険ですっ」

「平気よ、このくらい」

王族や国民の前ではちゃんと『お姫様』を演じているティリアだけど、クリスと二人きりのときは年相応の少女として振る舞い、それをクリスがたしなめるというやりとりが暗黙の了解となっていた。

だけど、それは昨日までの話だ。

いつもだったらティリアがバルコニーから身を乗り出そうとしているのを見つけたら、クリスは後ろから抱きしめてでも止めていたことだろう。

ゆうべは、あんなにも乱れたティリアの痴態を覗き見してしまった――。

淫靡な行為に耽るティリアが脳裏をよぎるたびに、クリスの頬には朱が差してしまう。

そんな状態で、ティリアを抱きしめるなどできるはずもない。

「どうしたの、クリス」

さすがにいつもとは様子が違いすぎたのだろうか？

バルコニーから身を乗り出そうとしていたティリアは、首をかしげながらこちらへと歩み寄ってくると――、こつん、おでこをくっつけてくる。

「んー、熱はないみたい」

「なっ⁉　なにを」

「なにって、熱がないかおでことおでこをごっつんこしてみただけだけど。おお、なんか急に赤くなってきた。やっぱり風邪でも引いてるんじゃないの？

「ち、違いますっ。私が風邪など引くはずが……っ」

「でも、体調悪いんじゃないの？　なんか顔真っ赤だけど」

「そ、そんなことは……っ」

なんとか否定しながらも、クリスは後ずさりをする。

ゆうべはあんなにも乱れていたティリア——、あまりにも近づかれると、オフショルのワンピースからこぼれ落ちそうになっている乳房にどうしても視線がいってしまう。

「と、とにかく姫様は無防備すぎますっ。もうちょっと用心したほうが——」

「無防備なのは、クリスに守ってもらえて安心している証だと思うけど」

「そういう意味ではなくてっ」

「？　変なクリス」

ティリアはなんとなく納得いっていない表情を浮かべながらも、バルコニーの片隅に置いてあるティーセットでお茶を注いでいく。お茶を注ぐのはいつもならミントの役割だけど、今日は薔薇園で摘んだ花びらのブレンド仕事があるとかで席を外している。

この薔薇園で取れた花びらは、お茶や香水に加工されて世界各地へと輸出されていく。このオーキッド王国の貴重な財源となっていた。

そのブレンドを任されているのがメイド長を務めているミントなのだ。ずっと一緒に過ごしてきたけど、ティリアの身の回りの世話をしたり、一国の財源に関わってくるブレンドを任されていたりと、ハイスペックぶりには頭が下がる。

（だけど、今日ばかりは一緒にいて欲しかった……っ）

クリスは心の中で叫びたい思いだった。よりによって、今日という日をティリアと二人きりで過ごす羽目になってしまうだなんて。

いや、二人きりになることは今までにも何回もあったけど、ここまで緊張することはなかった。それもこれも、ゆうべティリアが乱れているところを覗き見してしまったクリスに非があるわけで。

「んっ、今日はミントがいないから上手にお茶を淹れられるか不安だったけど……、結構いい線いってると思わない？」

そう言いながらティリアが差し出してくるのは、ほんのりとピンクのルージュがついているティーカップ。昨日はこのカップを受け取ることができずに後悔したから、今日は是非とも躊躇わずにいきたいところだったが……。

（無理っ。ティリア様と間接キスだなんて、心臓が破裂してしまう！）

ただでさえ恥ずかしいというのに、ゆうべはティリアの秘め事を覗き見してしまったのだ。未だ網膜にはティリアのふっくらとしたお尻が焼き付いてしまっている。

そんなことを考えながら間接キスなどできるはずがなかった。

「ひ、姫様っ。曲がりなりにもあなたは王族。将来を誓い合った……ゲオルグ様もいらっしゃるのです。そんな軽々しく、間接的にとはいえキスするようなことなど」

「クリスったら、意外と固いところあるのね。騎士団の男の子からモテモテなのかと思ってたけど」

「姫様だってご存じでしょう？　その……私が強すぎて、男どもが寄ってこないことは」

「あれって噂だと思ってたけど、ホントだったの？」

「本当です……」

「ふーん。そうなんだ。それじゃあさ、クリスってキスしたことあるのかな？」

ティーカップを置いて、ティリアはこちらのことをイタズラっぽい笑みを浮かべながら覗き込んでくる。その紫紺色の瞳に見つめられていると、なんでも見通されているかのような、そんな錯覚に陥るけど――、

「キ、キスしたことくらい、ありますって」

クリスはちょっとだけ嘘をついてしまった。

実際、キスをしたことはあるし。……その相手がティリアで、たった一度きりの誓いのキスだということは黙っておくことにするけど。

だけどそれはお見通しのようだ。

「わたしが言ってるのは、男の人とのキスなんだけどな。言っておくけど、わたしとの誓いのキスはなしだからね？」

「うっ、それを言われるとツライ」

「で、クリスはキスをしたことがあるのかな？」

「そ、それは……ないですよ。そんなもの」

「それじゃあさ、殿方とどんなキスをするのか予行演習してみたいんだけど」

「はっ？」

「だからぁ、予行演習。本番で失敗して殿方に幻滅されたら嫌でしょう？」

「ち、誓いのキスではなく？」

「ふふ、それもいいけど、今日は唇にしてみない？　クリスったら、初めて会ったときからわたしとキスしたかったんだよね。あんなに可愛い誤解しちゃって」

「あ、あれは……っ」

あんな昔のことをまだ覚えてくれていたのか、とクリスは内心驚いてしまう。

あのときはキスと言われて真っ先に思い浮かんだのが、唇へのキスだった。

ティリアが覚えていてくれたのが嬉しくて、クリスの頬は熱くなってしまう。

「昨日だって、それに今だって、クリスったら顔を真っ赤にさせて可愛いんだから」

「む、むう……仕方ないじゃないですか」

クリスは黙り込んでしまう。

ただでさえ人知れずに好意を抱いている相手に、練習とはいえキスをせがまれるだなんて。しかしティリアにはノヴァシュタット王国第一王子のゲオルグと結婚し、幸せに暮らすという未来が用意されているのだ。それなのに唇を穢してもいいのだろうか？

しかしその一方で思うのだ。

万が一、今の眠り姫が寿命を迎えユートピアに旅立つことになったら、世界平和の責はティリアの双肩にかかることになる。

もしも、ティリアがゲオルグに幻滅されるようなことがあったら？　それは世界の存亡に関わる大問題に発展するかもしれない。

それならいまのうちに練習をしておいたほうが……。

「ひ、姫様がそう仰るのなら……」

「ありがと。……でも、わたしとキスをするんだから、もうちょっと嬉しそうな顔して欲しかったな。なんだか今のクリス、哀しそうな顔している」

「えっ？」

言われてみれば、自分がどんな顔をしているかなんて想像したことさえもなかった。

ただ、ティリアのことを第一に考えて、ティリアの望むとおりに自分は動き、そして将来ノヴァシュタット王国へと嫁いだとしても、生涯剣となり盾となってティリアを守り抜きたい。

ただ、そう考えていた。だから、ティリアの将来を考えているときに、自分がどんな顔をしているかなんて想像さえもしたことがなかった。

「私が、哀しそうな顔をしている……？」

「そう。それはなぜかな？」

可愛らしく首をかしげてみせるティリアの言葉は、クリスを戸惑わせる。

あなたのことが好きだと、隠し続けている本心が零れだしてしまいそうになるから。

「急にそんなことを言われましても……」

「急なんかじゃないよ。クリスの昔からの望みを叶えてあげるんだからさ♪　クリスも、もうちょっと嬉しそうにして欲しいな」

唇に人差し指をあてて、ティリアは小悪魔のように誘惑してくる。

「や、やはりいけませんティリア様。あなたには将来を約束した許嫁という存在が」

「予行演習よ。クリスには練習に付き合って欲しいの。それならいいでしょう？」

「れ、練習……。ううっ、キスの練習だなんて……」

「もちろん、クリスのことを単なる練習台だなんて思ってないんだからね？　その……、クリスなら、わたしのことをしっかり受け止めてくれるような気がして……それとも、クリスはわたしとキスをするのは、やっぱり嫌？」

嫌なものですか！　喉まで出かかった言葉を懸命になって飲みこむ。しかしその沈黙を、ティリアは肯定と受け取ってしまったようだ。

「うう……、クリスったら昔はキスを期待してくれたのに、今のわたしとはキスしたくないのね……ぐすっ」

紫紺の瞳が潤むと、ティリアは鼻をすすって目を伏せてしまう。

——まずい、泣かれてしまう……！

「い、嫌なんかじゃないです！　ものすっごくキスしたいです！　今でも！」

「……ホントに？」

「本当ですって！」

「えへっ、クリスがそう言ってくれて、とっても嬉しいな」

瞳から溢れ出しそうになっていた涙はどこへやら、ティリアは花が咲いたような笑顔になっていた。

「……もしかして、嘘泣き……？」

「そんなことないよ？　うん。クリスがキスしてくれなかったら悲しいのは事実だしさ」

「む、むぅ。なんか乗せられているような気もしなくもありませんが！　もうどうなっても知りませんからねっ」

「ふふっ、その気になってくれたんだ」

「練習だけ、です！」

「そうそうその調子よ」

なんだかティリアの口車に乗せられてしまったような気もするけど、こうなってしまっては逃げるわけにはいかなかった。

「それでは、キスの練習会～。わー、パチパチパチ」

目の前に立っているティリアは顔を真っ赤にさせながらも、努めて明るく振る舞っているようにも見える。なんだか見ているほうが恥ずかしくなってくる空回りっぷりだ。

だけどティリアの一生懸命さだけは伝わってくる。

「クリス……」

「ティリア様……」

お互いに向き合うと、クリスのほうが身長が十センチほど高い。だからちょっとだけ屈んで小柄なティリアのことを迎え入れる。

両腕の中に収まったティリアから、ほんのりとした甘い香りが漂ってくる。それはこの城で採れた薔薇から抽出されたシャンプーの香り。ティリアの銀髪から、そして赤く染まっているであろううなじから漂ってきている。

(ティリア様、いい匂いだ……)

紫紺の瞳を見つめ、クリスは意を決して呟く。

「いきます、からね」

返事の代わりに、こくん、ティリアが固唾を飲み下す音が、妙に大きく聞こえる。聞こえる音はそれだけではない。クリスの心音も破裂しそうなくらいに激しくなっている。

ティリアの華奢な身体と密着するくらいに抱き寄せていくと……、ドレス越しに感じられる二つの双丘は、溶けそうなくらい熱くなっている。洋服越しでこんなに熱くなっているというのに、剥き出しの唇ならどれだけ熱くなるのだろう？

ルージュを引いたかのように赤くなっているティリアの唇が近づいてくると、どちらからともなく瞳を閉じ——ふにゅっ。

「んっ」

唇と唇が触れた瞬間、クリスは全身を雷で打ち抜かれたかのような衝撃を受けた。

なんとか立っていられたのは、長年に渡る騎士としての鍛錬の成果だった。

「ああっ、クリスの唇って、こんなに柔らかかったんだ」

「姫様の唇も、とっても柔らかいです……」

触れるだけのキス。だけどその感触にティリアが満足できるはずがなかった。

「クリス、もっと……欲しい」

「いけません、姫様……んっ、ふみゅっ」

積極的なティリアのキスに、クリスの思考はだらしなく溶かされてしまう。

騎士として、このような夢うつつに流されてはいけないというのに。

しかしティリアとのキスは、ずっと昔から……初めて出会ったときからの夢でもあった。

今まで何度もティリアとキスをする夢を見てきた。

実際にキスをしてしまえば嫌われてしまうと思っていたのに——、ティリアは、ふっくらとした柔らかさを押しつけてくる。

「んっ、クリスぅ……んっ、チュ……んんっ」

「姫様……んっ、ふっ、みゅう……はううっ」

騎士としてどんな大男を相手にしても萎縮したことはないが、ティリアの唇を味わっていると情けない声を漏らしてしまう。声だけではない。クリスの口元はだらしなく緩み、ティリアの唾液が流れ込んできていた。

「んんっ⁉」

クリスは目を見開いてしまった。なにしろティリアの舌が、口内へと潜り込んできたのだ。

びっくりして唇を離してしまう。

「ひ、姫さまぁ⁉　そんな舌だなんてっ、どこでそんなことを⁉」

「それはぁ、いつもクリスのことを見ていたから、だよ？　クリスとキスをしたら、どんな味がするんだろうなっていつも考えてたの」

「そんな、姫様が私とキスをする妄想だなんて……」

その素直な告白にクリスの身体は正直に反応してしまう。

ぶわっと唾液が溢れ出してきて、それでも最後の理性の一欠片で歯を食いしばって、再び口内へと潜り込んできたティリアの舌を阻止する。

ティリアの舌を受け入れたが最後、きっと自分はどうかなってしまうに違いない。

（いけないいっ。私は単なる練習台……。ここで理性を失うわけにはいかないいっ）

そう思っていないと、ティリアへと愛の告白をしてしまいそうだった。だけどそれは決して許されないこと。ティリアには、もう結婚相手がいるのだ。もしもクリスが告白なんかしてしまえば、今まで積み上げてきた関係が瓦解《がかい》してしまう。それでもティリアの舌は、執拗にクリスの歯茎を撫で回し、口内へと侵入しようとしてくる。

「んっ、はみゅうっ。らめっ、れす、姫さまぁ……っ」

「ふふっ、クリスったら、そんなに意地になって口を閉じなくてもいいのに。あなたは殿方役なのよ？　そんなに情けない顔をしててどうするの」

「そんなこと言っても、姫さまぁっ」

「ほら、そんなに緊張しないで、リラックスするの」

ティリアの舌が唇をかき分けてくる。それでも歯を閉じて舌の侵入を阻止していると、ティリアは舌先で歯茎をくすぐるように舐めてきた。

「んっ、はんんっ、姫様ぁっ、そんな、舌でくすぐらにゃいでぇっ」

「こんなにガチガチに口を閉じてたらキスできないじゃないの。ほーら、素直になりなさい」

「んっ、んんっ」

意地になってがっちりと歯を閉じていると、しかし次第に息が苦しくなってくる。それに口の中にはティリアの唾液が溺れそうなほどに溜まっている。

（こ、このままではティリア様で溺れてしまう……っ）

まさか唾液を垂れ流すわけにもいかず……、

「ごくり……っ」

クリスは、ついに喉を小さく上下させて、二人分のものが混じり合った体液を嚥下《えんげ》する。

その直後だった。

「んっ、あああっ」

嚥下した唾液が流れ落ちていく食道が熱くなり、胃へと辿り着くと、火がつきそうなほどに熱が渦巻きはじめたではないか。

（な、なんだこれは……柔らかくて、熱くて……あっ、おまたが……）

じわり、クロッチの裏側が生温かくなり、快楽のあまり失禁してしまったのかと思う。

だが秘筋から溢れ出してきた粘液はクロッチからは溢れ出してはこない。ねばっとした体液は、ショーツの裏側で甘く蒸れていく。

（お腹が熱くて……ううっ、なんだか頭が痺れてきて……）

快楽のあまり、クリスの身体から力が抜けていく。その隙をティリアは見逃してはくれなかった。歯茎を撫で回してきた舌が、口内の奥へと潜り込んでくると、

「ふみゅんっ⁉　あっ、んっ、ひっ！」

クリスはびっくりして引き攣《つ》った悲鳴を上げてしまう。口内に潜り込んできた舌が、クリスの舌に絡みついてきたのだ。慌てて舌を引っ込めるも、

「ん、れろ、れろ……クリスの舌……、とっても柔らかぁい……」

ティリアは深く口づけをしながら、舌を絡みつかせようとしてくる。

「んもう、クリスったら、舌を引っ込めたら練習にならないよ。殿方なんだから、もっと積極的にリードしてくれないとわたしのほうが恥ずかしくなってきちゃうでしょう？」

「そ、そんなことを言われましてても」

「そこ、恥ずかしがらないのっ」

「は、はいっ。……わ、分かりましたよ。嫌だったらすぐに言ってくださいよ？」

「んふ。クリスが嫌って言うまで付き合ってもらうんだから。……んっ、ちゅ、んー……れろ……んっ、んんぅ……」

「んっ、れろ、れろ……ああ、姫様の舌、なんかとてもエッチな感じがします」

「クリスの舌も……とっても柔らかくて、ヌルヌルしてるぅ……ハチミツみたいにトロトロして、ほっぺた落ちちゃいそうだよ……」

「んっ、ふう……。私も、ティリア様に溶かされる……っ」

息を止めているのが苦しくなって鼻から息を吐くと、自分でも驚くほどエッチな声を漏らしてしまう。

鼻孔に、ふわっとした薔薇のフレーバーが広がっていく。それはティリアがさっきまで飲んでいた紅茶の香り。

嗅覚で実感すると、とたんに味覚にも甘酸っぱいものが感じられるようになってくる。

「姫様のキス、甘酸っぱい……」

「クリスも、甘酸っぱくて、凄く鮮烈。ファーストキスは甘酸っぱいって聞いたことがあったけど、本当だったのね」

息が苦しくなって、名残惜しそうに口を離す。

二人のあいだに、つつと透明な銀糸が張ると、そよ風のなかへと消えていく。

「姫様、そんなに顔を真っ赤にさせて……」

クリスは、思わず目の前に立っている少女に見とれてしまう。いつも顔を合わせている少女の紫紺の瞳は潤み、口元からは一筋のヨダレが垂れていた。

それでも努めて明るくしようとしているのは、健気にさえ思える。

……って、いまティリアの口から聞き捨てならない言葉が聞こえたような気が……!?

「ひ、姫さまっ。いまファーストキスって、ま、ままま、まさか！　私なんかが初めての相手なのですか!?」

「うん。そうだけど。それがどうかしたの？」

「なっ……っ」

クリスは言葉を失ってしまった。

ただでさえ身分違いの行為に耽っているというのに、まさかファーストキスを奪ってしまうことになるだなんて。

あまりのショックに、その場にへたり込みそうになったところをティリアに抱きかかえられる。これじゃあどっちが殿方役なのか分かったもんじゃない。

「な、なぜファーストキスという大切なものを私なんかに？」

「んー、それはねえ、なんでだと思うかな？」

「そ、それは……」

ゆうべのティリアの自慰を思いだす。あのとき呼んでいた名前は間違いなくクリスの名前だった。それが意味するところは、つまり――。考えれば考えるほど、理性と喜びの狭間に揺れて、頭がパンクしそうになる。

「わたしの初めてのキスはクリス、あなたにあげたんだよ。その意味がクリスには分かるかな？　かな？」

ティリアは無垢な笑みを浮かべながら、クリスの首に腕を回して抱きついてくる。

オフショルのワンピースからこぼれ落ちそうになっている乳房が、クリスの身体に押しつけられて形を変えていく。

（ティリア様の身体、熱くなってる――）

その熱は、余計にティリアの痴態を思い起こさせた。

（ティリア様がファーストキスをくれた理由は、もしかしたら……。でも、それは許されぬ恋……っ、二人とも女なのに！）

身分違いで、更に女の子同士の恋。

告白したい衝動に駆られるも、クリスはすんでのところで言葉を飲みこむ。

その代わりに、ただこの瞬間だけはティリアの将来の殿方を演じきることにした。

「姫様……こんな中途半端なところでキスをやめたら、殿方に押し倒されますよ」

「あら。あなたにそれができるというのかしら？」

ティリアの挑発的な誘惑に、ついにクリスの理性の箍は弾け飛んでしまう。ティリアの頭の後ろへと右手を回すと、

「んっ、ちゅううぅっ。……んっ、くちゅ、ちゅちゅ……」

「んっ、ふううぅっ！　は、激しすぎる……クリスぅ……っ」

舌を絡みつかせあいながらの濃密なキスを交わす。

ティリアの口腔《こうこう》内を舌でかき分け、想い人の唾液を味わい、舌を絡ませる。ティリアは一瞬だけ舌を引っ込めたが、すぐに身体の力を抜いてくれた。

「んっちゅっ、ちゅっちゅっ、ふううっ」

「はふうっ、クリスっ、そんなに激しく……あっふぁぁぁぁっ」

ワンピースからこぼれ落ちそうになっている乳房が桃色に染まり、胸の谷間からふんわり甘い香りが立ち昇ってくる。花のような香りでもあるし、チーズのような、かすかな酸味を帯びているようにも感じられる。

それはティリアの発情した恥ずかしい香りなのだろう。その香りを胸いっぱいに吸い込み、クリスはティリアの口内へと唾液を流し込んでいく。

「ティリア様……、私で感じてください……っ」

「んっにゅううっ!?　んっ、んんんっ、んく……ごく……っ」

ティリアが唾液を飲みこんだ瞬間——、

「ふぁぁ、お腹、溶けちゃいそう……」

ティリアは紫紺の瞳から涙を流しながら、官能を享受する。

だがどんなに涙を流しながらでも、ティリアは唇を離そうとはしなかった。むしろ、より深いところまで繋がろうと舌を潜り込ませ、絡みつかせてくる。

ぐちゅぐちゅと舌が絡み合うたびに、脳にまで淫靡な波が押し寄せ意識が白んでくる。

クリスも、ティリアも初めて体験する快楽に酔いしれていた。

(キスって、こんなに気持ちいいことだったのか……)

初めのほうは戸惑っていたクリスだが、深く口づけをするたびにキスの快楽の虜になっていった。口をつけることが、舌を絡みつかせることがこんなに気持ちいいことだなんて。

騎士としての身分や、女同士だなんてことはすっかり忘れてキスに夢中になっている。

口元をだらしなく緩ませて、顎《あご》のラインからは溢れ出したよだれが垂れてしまっている。

「もっと、もっとぉ……。ティリア様、ああっ、こんなことを知ってしまったら、私はもうおかしくなってしまう……っ。本来なら、あなたにキスなどしてはいけないのに」

「わたしも……、キスがこんなに気持ちいいなんて……はっ、はんんっ。もっと、クリスの柔らかいところ、教えて……っ」

「姫様、ティリア様……！」

「ふみゅ!?」

ティリアの身体がビクンッ、痙攣すると、弾かれたように唇が離れてしまう。

キスに夢中になるあまり、ティリアの唇を噛んでしまった――、そのことに気づいたのは、ティリアが眉をゆがめ唇を押さえていたからだった。

「ご、ご無礼を！　ティリア様、大丈夫ですか!?」

とっさに謝るけど、しかしティリアはなぜか唇をなぞり、ぼーっとしている。そのまなじりは、快楽に蕩けているようにも見えて――。

「姫様、姫様⁉」

「あ、ああ、クリス、どうしたの？」

何度か呼ぶとティリアはすぐに我に返る。その頬に、桃色の官能を残しながら。

「どうしたのではありませんよ。その、申し訳ありません。夢中になるあまり、姫様の唇を噛んでしまうだなんて」

「えっ？　噛んだ……⁉　あ、ああ。そのことなら……クリスは気にしなくていいの。わたしが誘ったんだから。それにしてもクリスったら、最初は恥ずかしがってたのに、大胆に舌を絡みつかせてきてくれて、意外とエッチなのね」

「エッ、エッチ……⁉」

まさかの褒め言葉（？）に、クリスは言葉を失ってしまう。耳まで熱くなっているということは、隠しようもないくらいに真っ赤になっているということなのだろう。

「なーんてね。今日はどうもありがとう。わたしのわがままに付き合ってくれて。それで……わたしのキスはどうだったかしら。上手にできていたと思う？」

「そ、それはもう……。お上手でした」

「ありがと。でも、それはきっと相手がクリスだからだよ」

「えっ？」

聞き返そうと思ったその瞬間――、

バルコニーを一陣の風が吹き抜けていき、薔薇園から深紅の花びらが舞い上がってくる。
その花びらが青空の彼方へと消えていき――、
さっきまで頬を桃色に染めながらも健気に微笑んでいたティリアは、照れを隠すようにして部屋へと帰ってしまっていた。
ただ、唇にはふっくらとした柔らかい感触を残して……。

第二章　もしかして、マゾマゾお姫様⁉

「ああ、まさか今日はティリア様とキスをしてしまうだなんて……っ」

　その日の深夜。クリスは執務室兼寝室で雑務をこなしながらも、今日の出来事を反芻《はんすう》しては頭を抱えていた。まさかその場の勢いとはいえ、ティリアとキスどころか舌も絡み合わせてしまうだなんて。しかもキスに夢中になるあまり、ティリアの唇を軽くとはいえ噛んでしまった。

　ティリア自身は気にしてはいないようだけど、あのときの陶然とした表情はクリスの脳裏に焼き付いている。

　そのことを思いだすたびに秘筋は熱く濡れ、白タイツから滲み出してスカートの尻に染みまでできてしまっている。

　きっと長時間座っている椅子には、クリスのお尻でハート型のスタンプが押されいてることだろう。怖くて確認していないけど。

（ううー、明日からどんな顔をして会えばいいんだ⁉）

　クリスは頭を抱えてしまう。だけどクリスをからかうかのように、頭の中ではティリアがイタズラっぽく舌を出して微笑んでいる。今まで何度も見てきた表情だけど、クリスはその舌の味を知ってしまった。

甘酸っぱい、薔薇の香りのするファーストキス。

（ティリア様とのファーストキス……。ティリア様も、ファーストキスだったんだ……）

そんなに大切なものを私なんかにくれるだなんて。ただの戯《たわむ》れだったんだろうか？

もしもそうだったとしたら……、いや、そのほうがいいに決まっている。仮にティリアの想いが本物だとしても、今のクリスには受け止めきれる度量も覚悟も足りていない。

（……身体、疼いちゃう）

だけどどんなにティリアのことを頭から離そうと思っても、身体は正直だった。

クリスの秘芯は熱く湿り、ショーツの中はヌルリとした粘液に満たされている。

（そういえば、最近はしてなかったな……）

クリスだって年頃の女だ。どんなに騎士としての務めを果たそうとしても、性欲をごまかすことはできなかった。自慰を覚えたころは、毎日のように若い性欲を発散させていたものだ。

そのときに何度ティリアのことを思い浮かべては自慰に耽ってきたか。だけどエッチなティリアを妄想するたびに良心の呵責を覚えて、いつの間にかティリアで自慰をすることはなくなっていた。そして自然と自慰をすることも少なくなってきたように思える。

だけど、今夜ばかりは事情が違った。

（ティリア様の唇、柔らかかったな……）

クリスは呟くと、ゆっくりと椅子から立ち上がる。そのお尻には、少女の恥ずかしい体液で染みができてしまっている。

汁が多い体質――。それはクリスの悩みの一つだった。

男に囲まれて暮らしてきたとはいえ、王城を行き来するメイドたちから一通りの色恋沙汰や性的な話は聞きかじっている。

だから興奮すると濡れるということは分かるのだが……、
しかしクリスはどうやら他の女の子よりも汁が多い体質らしかった。

「もうお尻のほうまで広がってきてしまっている――」

椅子から立ち上がると、キングサイズのベッドへとうつ伏せに身体を横たえる。

こうしてうつ伏せになると、騎士の礼装越しに乳房が潰れて、いい感じに乳首が圧迫される。これがいつものクリスの一人エッチの方法だった。

「……んっ」

発情した雌犬のようにお尻を突き出し、白タイツとショーツの上から縦筋に指を食い込ませていく。女の子の恥ずかしい染みを隠すための二重布……クロッチは、すでに力尽きてヌルヌルに濡れそぼっていた。タイツの上にまで愛液が滲み出してきている。

男として育てられてきても、身体は女なのだ。興奮すればショーツをダメにしてしまうほどに濡らしてしまう。それはクリスのコンプレックスでもあった。

今日はショーツを替えていない。

ティリアとキスをしたときにはもうショーツはおもらしをしたかのように濡れていたけ

ど、そのショーツを替えることが、クリスにはどうしてもできなかったのだ。

「おまた、こんなに熱くなってるなんて……あっ、うう！」

ベッドの上でドッグスタイルで自らの秘筋に指を食い込ませていくと、微弱電流が全身を駆け抜けていく。タイツに覆われている太ももが切なげに痙攣し、むわっとした汗と愛液が混じり合ったヨーグルト臭が股間から漂ってきた。

「うっ、ううぅ……っ、ティリア様でオナニーだなんて……、こんなの許されるはずないのに……。だめ……、止まらない……」

しかし一度燻《くすぶ》りはじめた官能の炎を止めることはできなかった。

「あぁ……、ティリア様……、私のここ、もうこんなに熱く……んっ、はううっ！」

陰裂へと指を食い込ませてクニクニと動かしていくと、濃厚な蜜が溢れ出してくる。

「あっ、ふう……。こんなに……っ、み、見ないで……。こんな私を見ないで下さい……ティリア様ぁ……うっ、うう！」

口では見ないで欲しいと言いながらも、クリスの指使いは更に激しいものになっていく。

ショーツとタイツ越しだというのに愛液が泡立つほどだ。

「あっひ！　姫様でこんなに熱く……っ。あっ、あぁぁ……っ、だめ、だめ……っ、これ以上はおかしくなる……うう！」

ドプリ——、ハチミツが入った壺をひっくり返したかのように秘蜜が溢れ出してくる。

クロッチから溢れ出してきた愛液は内股を伝い落ちてシーツへと広がっていく。白タイツは、すでにクリスの愛液によっておもらしをしたかのようにぐしょ濡れになっていた。

「ひ、姫様……、いけません、そんなところを……あぁっ、舐められたら、私は、私は……おかしくなるっ」

クニクニと動かしている指先は、ティリアの舌先となって秘筋をを擦り上げていく。キスをしたとき、ティリアの舌は軟体生物のように蠢《うごめ》いていた。それはまるで性欲をむさぼる別の生き物のように。

その舌先は、クリスの一番敏感な器官を円を描くようにして刺激し――、

「姫様の舌……、いいです……っ、とっても……気持ちよくて……んあぁ！」

大好きなティリアを妄想で汚してはいけないのに――、それは理性では分かってはいるけど、だからこそこの背徳的な刺激はクリスの秘芯を更に昂ぶらせていく。

「ひっ、ひうぅっ、やだ、おまた、痺れてきちゃって……んっ、あぁっ、お豆は弱いのに……あっひっ、ひぃ……！　くっ、くうぅぅう！」

執拗に陰核を責めているクリスの指先は、脳内ではティリアの舌先となって嬲ってくる。

「いっ、んっ！　いっ！　いいっ！　……イク！」

ビクッ！　ビククッ！　プッシャアアア……！

クロッチとタイツという三重布を突き破り、透明な体液が噴射される。

ガクンッ！　ガクンッ！　ドックスタイルで突き上げている引き締まったお尻が痙攣し、そのたびに透明な飛沫が溢れ出してくる。

クリスは、潮を吹きながら絶頂を極めていた。

「はぁ、はぁ、はぁぁ……」

絶頂感に身を任せつつ、ときおりガクンガクンと腰を痙攣させ、身体の中で渦巻く官能が落ち着くころには、下半身はすっかりぐしょ濡れになっている。

白タイツはヌルヌルの愛液で変色し、ショーツもお尻にペッタリと貼り付いている。

クリスがオナニーをすると、いつもこの調子でぐしょ濡れにしてしまう。

「私、なにやってるんだろう……」

久々にティリアをおかずにしてしまった……。快楽のあとに押し寄せてくるのは自責の念だった。しかもキスの味を知ってしまったからか、いつもよりも一層よく濡れている。

「早く片付けないと」

せめてシーツだけは。服は、いまから大浴場に行けば誰にも会うことなく洗濯カゴに放り込むことができるだろう。……城のメイドたちには、すっかり多汁体質だということがバレてしまっているけど、これはかりは仕方がない。

顔をしかめながらベッドから降り――、

「!?」

クリスは人の気配を感じ、ベッドに立てかけてあるレイピアを抜き放っていた。いつの間にか、閉めておいたはずのドアが開き、夜の暗い闇が漏れてきている。

「なにやつ！」

ドアの隙間へと睨みをきかせてやると――、ドタッ。

ピンと張り詰めた夜の空気に、やや間の抜けた音が聞こえてきた。覗いていた誰かが、廊下で尻餅をついてしまったらしい。

「ま、まさか……」

敵襲であったほうが有り難いかなと思いながらも、クリスがドアを開くと……廊下で尻餅をついていたのは、案の定ティリアだった。

頬を真っ赤にさせて、気まずそうな笑みを浮かべながら。

「あ、あはは～、クリスの部屋からうなり声が聞こえてきたから、気になって覗きに来ちゃった。お、お後がよろしいようで……」

「ひ、姫様……っ」

まさかティリアに見られていただなんて。顔から火が出そうなくらい恥ずかしいけどここは我慢する。なにしろ、ゆうべはティリアの自慰を覗き見してしまったのだ。強く叱ることなどできるはずもなかった。それにティリアとキスしたことが忘れられずに、舐めてもらうところを妄想しながら達してしまい、まさかその瞬間を見られてしまうとは。

「姫様……、その、見ちゃいました、よね……」

「あ、あの、覗く気は……っ」

あたふたと弁明をしようとするティリアだけど、尻餅をついたまま顔を真っ赤にさせて上手く言葉が出てこないらしい。

「も、申し訳ありませんでした！　そ、その……、ティリア様のことを考えて妄想に耽るとは、近衛兵としてあるまじき行為！」

　地面に頭をぶつけそうなほどに勢いよく頭を下げるも、しかしティリアは尻餅をついた状態から気まずそうに内股をすりすりと擦り合わせている。

（もしや……。いや、まさか……）

　ティリア様まで、エッチな気持ちに……!?　とは思うものの、まさか口にすることなどできるはずもない。クリスが腰が折れんばかりに頭を下げていると、目の前にいるティリアがゆっくりと立ち上がる気配。どうやら腰を抜かしたというわけではないらしい。

「そんなに謝らないでよ。その……誰だってすることだと思うからさ」

「しかし、私は……っ」

「いいの、わたしは気にしてないから」

　伏せていた顔を上げると、ティリアの表情は当然のことだろうけど赤くなっている。

　そんなティリアは、やはり恥ずかしそうに上目遣いで見つめてきて、

「お願いが、あるの」

　一言だけ言葉を紡いでみせた。

「な、なんです!?　私にできることならなんでも！」

　躊躇うことなく承諾するクリス。しかしティリアの口から飛び出してきた言葉に、クリスは言葉を失うことになるのだった。

「その……わたしにも同じことして欲しいんだけど……」

「……はい？」

なにを言われているのか一瞬理解できず、クリスはぽかんと口を開けてしまう。それでもティリアは恥ずかしそうに消え入りそうな声で。

「私にも……、気持ちよく、して欲しぃ……んだけど……」

「気持ちよくって……！　な、なにを急に言い出すのですか。ああいうことは人には見せずに、一人でするものです」

「でも、わたし、クリスみたいに上手にできないみたいなんだけど……」

「じょ、上手にできないって……、例えば、どんなふうに」

「うーん……例えばって言われても……あ、そうだ。イクって、なぁに？」

「は？」

まさかの問いかけに、クリスは一瞬馬鹿にされているのかと思ってしまう。だけどティリアに限って言えば、それは絶対にない。それにゆうべティリアのオナニーを覗き見してしまったが……達していないように見えた。

「イ、イクというのは……、つまり、飛ぶというか、気持ちよくなるというか絶頂するということです。わ、分からないのですか？」

「うーん？　ふわっとすることはあるけど、飛ぶって？　飛べるわけないじゃないの。小鳥じゃないんだから」

「それはそうですけど」

「それじゃ、クリスに教えて欲しいな。それにもしわたしが眠り姫になったときは騎士様と同時に絶頂？　しないと駄目なの。だからその練習相手としてクリスを指名します！」

「きゅ、急にそんなこと言われましても……、えっ、ええっ、私が姫様を……!?」

「そこ、嫌そうな顔しないっ。これは世界の命運に関わることなんだから。もしもわたしがいざというときに殿方に幻滅されたら大変なことになっちゃうでしょう？　それって永遠の午睡につけないっていうことでもあるんだから」

「確かにそうですけど……」

なんだか上手く言いくるめられた気がしてならない。

しかしティリアで妄想してしまったから、強く言えるはずもなく……、クリスは肩をすくめることしかできなかった。


「それでは、クリス先生の性教育の始まり始まり～♪」

「ちょっ、そんなストレートなっ。もうちょっと言い方というものがあるでしょう!?」

「でもクリスは一応先生だし。それに……お上手なんでしょう？」

「そ、それほどでも……」

「そんな謙遜しなくてもいいの。さあ、どうやってするのか教えてよー」

「わ、分かりました。まずは服を脱ぎましょうか」

こんなこともあろうかと、ティリアを大浴場まで引っ張ってきて正解だった。もしも深夜の部屋で裸で二人きりになったら、理性が保てていたかどうか分からない。

このオーキッド城にある大浴場ならば、いつ誰が入ってくるかも分からない緊張感があるぶんだけ理性が保てる。声が響くからあまり大きな声は出せないし。

幸いなことに……、いや、この際なら誰かいてくれたほうがありがたかったが、総大理石の大浴場は、クリスとティリアの他には誰もいない。

数々の神を象った大理石の像が並んでいて、二人のささやかな会話でさえも大浴場に響き渡っていく。深夜の大浴場に、女神が携えている水瓶から、滝のように湯が落ちてきていた。

「はい、裸になったよ?」

なんの躊躇いもなくティリアが一糸まとわぬ裸体になってみせる。

本人は自覚がないようだが——、

(う、美しい……)

クリスは無垢に晒されている裸体に、熱い吐息を漏らしてしまう。

オフショルのワンピースからこぼれ落ちそうになっていた乳房は、それでも綺麗な半円を保ち、その頂にはピンク色の小さな乳首が上向いている。

豊満なバストラインから視線を落としていくと、キュッとくびれたウエスト。その中心にへそがうがたれていて、そこから膨らんでいく下腹部はやや肉付きがあるようだが、それは大人への階段を上ろうとしている必死の幼さが描く危ういラインでもある。

普段はワンピースに隠れているヒップラインは想像していたよりもぷりっとして肉付きが豊かで、まるで白桃のようだ。

(姫様のお尻、桃みたいにピンク色してるんだな……)

一糸まとわぬ裸体になったティリアは、その場でくるりと一回転してみせる。氷のように冷たい銀髪が尻尾のように尾を引いていった。

そして同性であっても、どうしても目が吸い寄せられてしまう、少女の部分——。

(こんなにも美しいのに、産毛さえも生えていないだなんて)

女神のように美しいティリアだが……、本来ならば恥毛で覆われているはずの秘部には産毛さえも生えていなかった。

やや土手高な恥丘に、シュッとクレヴァスが刻まれており、その狭間から桜の花びらのようなショッキングピンクの肉ヒダがちょっとだけ顔を覗かせているのが丸見えになってしまっている。だがその欠点でさえも、クリスには美しく見えた。

「?　どうしたのクリス。ボーッとしちゃってさ。クリスも早く裸になりなさいよ」

「へ？　あっ、はいっ」

ティリアに顔を覗き込まれて、現実の世界へと引き戻される。ティリアの裸を見たことは近衛兵という職業柄何度もあるけど、いつも見とれてしまうほどに美しかった。

ティリアに促されて、クリスも騎士の礼装を脱いでいく。

……さっきオナニーをしたせいでショーツはおろか、タイツまでもがヌルヌルになってしまっているので脱ぎにくかったけど。

それでもタイツをショーツごと脱ぎ捨てると、露わになったのは日々の鍛錬で引き締まった太ももだった。子供のころは毎日のように父に打ち据えられてきたので痣が絶えることはなかったが、いまこの国でクリスを脅かす者は男でさえもいなくなっていた。……父以外には。

だがこの国随一と比肩するほどの強さを誇るクリスにも、悩みがあった。

騎士の礼装を脱ぎ、一糸まとわぬ裸体となったクリスだが……、恥毛が生えているべきところには産毛さえも生えていない、赤ん坊のようなパイパンだったのだ。

つるんとしたパイパンを見つめ、クリスは切なげに呟いてしまう。

「……今日も生えてない……」

剣術では右に出る者がいないほどに極めたというのに、女の部分は赤ん坊のようにツルツルなんて哀しすぎる。

しかもティリアのような土手高ならばまだ格好がつくかもしれないけど、クリスの少女の部分は赤ん坊のような、正真正銘の『おまた』と呼ぶにふさわしいものだった。

シュッと刻まれた浅い縦筋に、ピンクの肉のフードがはみ出している。

見つめているだけで哀しくなってくる『おまた』だ。

だがそんなクリスに、ティリアはいつものように言うのだった。

「また自分のおまた見て哀しそうな顔してる。何回可愛いっていえば信じてくれるのよ」

「そんな、可愛いだなんて……」

せめて格好いいとか、そっちのほうだろう。この国では敵無しの強さなんだから。

クリスにとってはこの赤ん坊のようなパイパンはコンプレックスになっていた。しかもエッチなことを考えるとすぐにヌルヌルになってしまう多汁体質だなんて。

だけどティリアはそんなこと全然お構いなしのようだ。

「それでさ、早速で悪いんだけどわたしのこと絶頂？　させてみてよ」

「急にそんなことを言われても……」

「遠慮なんていらないからさぁ。クリスがいつもやってるみたいに、ね？」

「わ、分かりました……。それじゃあその椅子に座って下さい」

「こう？」

ティリアは実に素直に、洗い場にある脚の短い椅子に腰掛けてくれる。こちらに、無防備な背中を向けて。こうして背中を向けられていると、華奢な肩甲骨からやや丸みを帯びた背骨なんて、ちょっとだけ力を込めれば簡単に折れてしまうような気さえする。

この世界で、たった一人だけの守るべき存在は、ほんの少しだけ扱い方を間違ったら、取り返しのつかない傷をつけてしまうに違いなかった。

「ねえねえ、ここからどうするの？」

「そ、それはぁ……っ」

「クリスの思ったとおりにしてみて？　わたしはその触り方を覚えるから」

ティリア様が、私が教えたとおりに……。一瞬どんなエッチな手ほどきをしようかと本気で妄想しかかったけどここは最後に残された理性が仕事をしてくれる。

それにここは城にいるものならば誰でも使える大浴場なのだ。いつ誰が夜のお湯を使いに来るかも分からない。早く終わらせたほうがいいだろう。

「い、いいですか、姫様。まずはこうして……優しく身体をタッチして、気持ちを昂らせていくのです」

しかし恥ずかしすぎてティリアと向き合うことなどできなかった。

だからクリスは後ろから包み込むようにしてティリアを抱きかかえてあげると、その脇腹を触るか触らないかの強さで撫で回していく。

「んっ、クリス……、くすぐったいよ」

「だ、だ、大丈夫ですそのうち気持ちよくなってきますから」

「クリスの手、震えてる……っ」

「使うのは手だけじゃ、ないですよ……はむっ」

「きゃん！」

ティリアの引き攣った悲鳴が大浴場に響き渡った。それも無理ないことだろう。クリスが、ティリアの耳朶《みみたぶ》を噛んだのだ。噛んだ……、とは言っても歯をあてる程度の甘噛《あまが》みなのだが。だけどたったそれだけの刺激にも、ティリアはソプラノボイスを跳ね上げる。

「クリスッ、そんなところ齧《かじ》ったら、だめぇっ」

「あぁ……、姫様の耳、おいひいです。それに耳の裏側もとっても柔らかいです」

「ああんっ、そんなところ舐めないで……っ。いっ、ひっ！　舌でぇ、ぐちゅぐちゅされてる音がぁ……ううっ、響くよぉ……！」

耳朶を噛み、耳の穴を舌でほじくり、姫の内側までも味わおうとしていく。まずい。このままでは止まらなくなってしまう——。

「姫様、ここでやめておきましょうか？」

耳元で囁《ささや》きかけると、ギュッとティリアに手を握られた。その手でティリアの乳房に触れると、たわわに実った果実は溶けそうなくらいに熱くなっていた。

「んっ、ふうっ、クリスに触られてると、なんだか恥ずかしくなってきちゃうね。おんなじ女の子なのに」

「性別なんて関係ありません。姫様のお身体はとてもお美しいと思います」

「それなら、証拠を見せて欲しいな」

「も、もうそんなふうにからかって……。い、いきますからね」

少しでも力の入れ方を間違ったら、熟れた桃のように傷がついてしまいかねない。

クリスはゆっくりと乳房をこねるように、慎重に力を加えていく。

「ん、くふぅ……。あ、あぁ……なんかクリスの手、凄くエッチ……」

「ひ、姫様がそうしろと仰ったのでしょう⁉　もの凄く緊張してるのに……っ」

「それに湿しくて頼りがいがあるな」

「うそっ。うそー。クリスのお手々、温かくて……、それに湿しくて頼りがいがあるな」

「それは……褒め言葉だと受け取っておきます」

それでもちょっとだけ抗議の意味を込めて、すぐ口元にあるティリアの耳朶を甘噛みしてやると、ピクンッ、身体が跳ねる。どうやら耳も感じやすいようだ。

（しかし緊張する……っ）

クリスは内心気が気ではなかった。

常にお仕えし、守るべき存在であるティリアを責めるだなんて。しかもクリスの手は日々の鍛錬で少し力を入れただけなのにリンゴを砕いてしまうような握力の持ち主だ。

「ティリア様のおっぱい……とても柔らかくて……あぁ、私まで溶けそうだ……」

「クリスったら震えてるの……んっ、あ、なんか先っぽのほう、ジンジンしてきたぁ」

「も、もうちょっと強くしますからね……？」

「んっ、ひううっ、ああ、おっぱいの先、なんか変な感じがして……ううっ、なんかぁ、身体の奥が痛がゆくなってぇ、あん、ああ、ううっ」

円を描くように小さな乳房を責めていると、やがてティリアが気まずそうに内股をもじもじと擦りはじめる。

「あ、あの、クリス……。その、なんだかおしっこしたくなってきちゃったんだけど」

「お、おし……⁉　あ、ああ、それは……」

まさかのキーワードにドキリとしてしまう。だけどその体液はおしっこではないはずだ。

なぜなら、ティリアの身体は、溶けそうなくらいに火照っているのだから。

「それは……多分、おしっこじゃないですよ」

「うう〜、でも、なんか急になんか……うう〜、本当におしっこじゃないの？」

「そ、それじゃあ、その証拠を見せてあげましょう。ああ、なぜ私がこんなことを……」

「んっ、ひぁぁっ、クリスの指、おまたに食い込んできて……あっ、ふうんっ」

ティリアが痙攣するたびに、無毛の縦筋も痙攣している。クリスはその縦筋へと、傷つけないようにゆっくりと指を食い込ませていった。

ぬぷり……、土手高のクレヴァスは、クリスの指先を易々と飲みこんでみせる。淫洞には入れていないというのに。

「ティリア様のおまた、こんなに食い込んで……、ほら、凄くヌルヌルになってますよ」

「だ、だめっ、そんなことわざわざ言わなくていいからっ」

ぬめっているクレヴァスから指を抜いて、二本の指に絡みついた愛液をティリアに見せつけてやる。すると絶頂を知らなくても羞恥心をかき立てられているらしい。ただでさえ熱い身体は汗ばみ、ツンとした悩ましい香りが漂ってくる。

「やだ。糸張ってるよ」

「ティリア様のここ、こんなに濡れてます。耳で感じたのですか？　それとも乳首？　それとも……直接触られるのがお好きですか？」

「あっ、ひゃっ、そんなのっ、わかんにゃいっ、あっ、ひっ、ひっぐ！　らめっ、どこも感じちゃうっ。くすぐったいよぉっ」

ティリアの耳朶を噛んで耳の穴を舐め回し、左手では乳首を転がして、利き手である右手はクレヴァスへと指を食い込ませていく。

三点を一度に責められた経験はないのだろう。ティリアは小動物のように背筋を丸める。だが一度食い込んだ指先からは逃れることはできない。

「んっ、ふぁぁんっ、クリスッ、だめっ、なんかおまたムズムズしてきて……んんっ、おかしくっ、なっちゃう！　なんか変なのっ、お腹の奥が、んあぁっ！」

キュンッ！　キュンッ！　指先で弄んでいる秘部が切なげに痙攣すると、ハチミツが入った壺をひっくり返したかのように愛液が溢れ出してきた。

「ひ、姫様……、感じているのですか？」

甘噛みしている耳朶へと囁きかけてやると、

「分からない……んっ、そんなこと、全然……あっ、うう！」

ティリアはついにお行儀悪く脚をカエルのように開いてしまう。無毛の秘筋がパックリと割れ、おもらしをしたかのように淫汁が会陰へと伝い落ちていく。

（あ、あの姫様が、こんなにはしたなく乱れるだなんて……。私の指先のせいで、姫様が……あ、脚を開いているだなんてっ）

脚を開いたぶんだけ、クレヴァスに食い込んでいる指が深いところにまで進んでいく。クリスはその敏感な部分を傷つけぬように、桜の花びらのような小陰唇を解いていく。

「んうぅっ、らめっ、開いちゃう……ううっ、おまた、こんなに熱くなっちゃうなんてっ」

「姫様は、自分のを見ないのですか？」

「み、見るだなんて……！　はううっ、わたしのおまた、こんなに恥ずかしくなる!?　うぅっ……きゅ、きゅううぅん!?」

ティリアは突如背筋を丸めて痙攣する。クリスの指先が、少女の一番敏感な宝石……クリトリスを弾いたのだ。

「んっひ！　ひぃ！　そ、そこはだめっ！　痺れる感じしちゃうから！　ああん！」

「こ、こんなに固く勃起《ぼっき》してるだなんて……！」

ティリアのクリトリスに円を描くようにして刺激を与えていくと、米粒ほどの肉芽は固く勃起し、ピンクの肉のフードを脱ぎ去って輝きを増していくようだった。

（慎重に、傷つけないように……円を描くように……っ）

いつもクリスがそうしているように、それで絶頂へと導けるはずだ。

「ティリア様、私の指で感じて下さい……っ」

「んっ、ううう！　あっ、ひっ！　ひあ！　ああん！」

指を細かく動かしてクリトリスをソフトタッチで刺激してやる。するとティリアはソプラノボイスの喘ぎ声を漏らし……、

「ひっ！　ひんっ！　は、はうう！　おまたムズムズして……も、もっとぉっ、もっと強くしてぇ！」

「も、もっとですか⁉」

クリスは戸惑いながらも指の腹でクリトリスをつまんでみる。だけどその刺激でさえも、ティリアには物足りないようだった。

(だ、だが、これ以上強くしてもいいのだろうか⁉　もしも姫様を傷つけたりなんかしたら、後悔してもしきれない……！)

命に代えても守ろうと誓った少女を、一時的な欲望のために傷つけることなどできるはずがない。そんなクリスの思いを知らずに、ティリアの秘芯は急激に冷めていく。

「あ、あああぁ……なんかムズムズするけど……あぁ……あれれ、なんか収まってきちゃった」

「は？」

クリスは思わず言葉を失ってしまう。

割と手加減抜きにクリトリスを重点的に……しかも耳朶と乳首までも同時に責めたというのに、収まってきてしまったというのは、どういうことだろうか？

責めすぎないように注意していたけど、気持ちよくさせてあげられないというのも、なんだか情けないことのように思えてきてしまう。

「ひ、姫様、あの……気持ちよく、なかったですか？」

「そ、その……。クリスは、悪くないと思うから。いつも、こうなの……」

微妙な笑みを浮かべながら、ティリアは呟く。驚いたことに、溶けそうなほど熱かったティリアの身体は冷めてきているようだ。後ろから抱きかかえて体温を感じているのだから間違いない。ティリアは、本当に絶頂できなかったのだ。

（これ以上激しくしたら、ティリア様のことを痛がらさせてしまう……。しかしこれ以上激しくするというのは……。あっ、そういえば……）

痛がらせてしまったといえば、今日はキスしたときにティリアの唇を噛んでしまった。

あのときどこか陶然とした表情をしていなかったか？

唇を噛まれて、その痛みを快楽として受け止めていたのではないか？

（もしかして、ティリア様は激しいのがお好き、なのか……？）

戸惑いながらも、そんなことを考えてしまう。だけど、ティリアのことを傷つけるなんてもっての外。だけど、もしかしたら……。心の中で謝りながらも、舌で舐っていた耳朶に歯を立てると――カリッ。

（痛かったら……お許し下さいっ）

「きゅっ、ふうううううん!?」

まるでティリアの身体を稲妻が流れていったかのような痙攣。

直後――、どぷり。クリスの指が食い込んでいる縦筋がキュッと痙攣すると、火傷《やけど》しそうなほどに灼熱の愛液が溢れてきたではないか。それだけでは終わらなかった。

「あっ、ひっ、ひううっ！　あああぁぁぁぁぁ……っ」

ティリアは引き攣った喘ぎ声を漏らすと、
しゅわわわわわわわ……。

小刻みに身体を痙攣させながら、小水を漏らしはじめてしまう。

「あっ！　あっ！　あっ！　あっ！」

キュン！　キュン！　キュゥウウウン！

少しでもこの痴態を止めようとしているのだろう。ティリアは短い悲鳴を漏らしながらも、おまたに力を入れようとしている。しかし甘噛みに痺れた身体は小水を止めることさえもできずに、ただ小刻みに秘筋が痙攣するばかりだった。

ツーンとした聖水のアンモニア臭が立ち昇り、ティリアが腰掛けている脚の低い椅子からレモン色の滝が流れ落ち、生温かい湖を作り上げていく。その大きさたるや、後ろからティリアに覆い被さっているクリスの足を濡らすほどだった。

(姫様のおしっこ、温かい……)

その背徳的な感触に、クリスはなぜか嫌な気はしなかった。ティリアの恥ずかしいところを見てしまったというのに、なぜか昂っている自分がいる。

トロリ――、クリスの内股を、愛液の一筋が流れ落ち、小水の湖へと溶けていった。

やがてティリアのおしっこは勢いを失い……おもらしは終わりを告げた。

(……って、私はなにをやっているんだ!?)

ティリアの耳を甘噛みして、更には失禁までさせてしまうだなんて。聖水の生温かさを、匂いを感じ、今更ながら事の重大さに気づく。

「も、申し訳ありませんでした！　こ、これはその……ティリア様を思ってのことでしたが……、差し出がましい行為をお許し下さい！」

　我に返ったクリスは、慌てて後ろに飛び退く。

　しかしティリアは背筋を丸めて、ときおり小刻みに身体を痙攣させるばかり。そのうなじは桃色に染まり、背中には桜吹雪を散らしたかのように官能的に色づいていた。

「ティ、ティリア、様……？」

「うう……っ、はっ、……ぁぁっ」

　ティリアの背に話しかけてみても、返事はない。ただ堪えるようにうめき、痙攣している。その痙攣もやがて収まり……、

「は、はふぅ……。な、なんだったの？　いまの……。なんか凄く痺れて……、飛んじゃうかと思った……」

「……えっ？」

　ティリアは熱い吐息を漏らし呟く。その言葉に、クリスは耳を疑ってしまった。まさかティリアは絶頂したとでもいうのだろうか？　耳朶に歯を立てたのだ。痛いだろうに。

「ティリア様、もしかして、いまのが気持ちよかった……のですか？」

「気持ち、いい？　よく分かんない……。でも、なんかいまの、凄くって……、ああ、おしっこ漏らしちゃうなんて……っ。ビクビクってして、おまたが勝手に震えて……なんだったの？　いまの。クリスは知ってるの？」

　頬を赤く染めて、ティリアは無垢な視線を向けて聞いてくる。

——初めての絶頂……。

大事な初めてを、痛めつけるような形で奪ってしまっただなんて。しかも失禁までもさせてしまった。

(私はなにをやっているんだ⁉　いくら姫様のことを思ってのこととはいえ、こんな形で初めての絶頂を……！)

「も、申し訳ありませんでした！」

咄嗟《とっさ》に頭を下げるも、しかしティリアはクリスの手を取ると言ってくれるのだった。

「謝らないで、クリス。これはわたしが望んだことなんだから」

「し、しかし……っ」

「それに……わたしは、クリスにならなにをされてもいいと思ってるんだから。いまのだって、初めて……、絶頂しちゃったんだよね？　わたし」

「え、ええ……。まあ、そうですけど……」

「でも、なんか聞いてたのよりもあっけないというか……、まだムラムラするんだけど」

「そ、それは……、軽く達しただけだと思いますし……たぶん」

「それじゃあさ、もっと気持ちよくして欲しいんだけど！　クリスにしかこんなこと頼めないし！」

「えっ⁉　えええっ⁉」

これにはさすがのクリスも狼狽してしまう。いまよりももっと気持ちよくさせようと思ったら、それはつまり……ティリアにもっと酷いことをしなければいけないということだ。

そんなこと、できるわけがなかった。

「ダメですっ。これ以上ティリア様のことを痛めつけるようなことはできません！」

「えー、クリスに噛まれて、痛いっていうよりも、なんか気持ちよかったんだけどなー」

「き、気持ちいい⁉」

まさかの言葉に、クリスは言葉を失ってしまう。だけどそれは嘘ではないようだ。その証拠に、ティリアの縦筋は官能にほどけ、熱い蜜を垂らしている。

（ああっ、ティリア様のお筋……っ、こんなに熱くなって……お美しい……！）

まだまだ幼さが残っているティリアのショーツの中に、こんなにも蠱惑的な器官が眠っていたのかと思うと、頭がクラクラしてきてしまう。

そんなティリアは無垢な笑みを浮かべると、

「クリスになら、どんなに痛いことされても気持ちよくなれる自信、あるんだけどな」

初めて絶頂を体験した少女は、どうやら激しいのがお好みらしい。それも耳朶の甘噛みよりも、もっと激しいことを。

物欲しげなティリアの紫紺の瞳に覗き込まれていると、誘惑されるがままに吸い込まれていきそうな錯覚に陥りそうになり——だけどクリスは勢いよく立ち上がると、

「わ、私にはこれ以上姫様を痛めつけるような真似はできませんっ。失礼します！」

「あっ、ちょっと待ってよクリスっ。ここからがいいところなのにっ」

ティリアに止められるのも聞かず、クリスは逃げるように大浴場から脱出するのだった。

そして逃げながら、結論づけずにはいられなかった。

(ティリア様って、もしかしてMなのか!?)

第三章　縛って愛してお姫様！

「あああああ！　姫様になんということをしてしまったんだあああ！」

　大浴場から逃げ出してきたクリスは深夜の城内を駆け抜けて自室に帰ってくるなり、ベッドへとうつ伏せに飛び込んでいた。

　だけどどんなに枕に顔を押しつけたところで、ティリアにやってしまったことが消えてくれるわけではない。むしろ、目蓋の裏には愛する姫様の恥ずかしい姿が焼き付いていて、目を瞑っているとその姿が鮮やかに蘇ってくるようだった。

　その目蓋の裏側にいるティリアは、物欲しそうな顔をしながら誘惑してくるのだ。

『クリスに、もっと気持ちよくして欲しいのに』

　と。だがクリスにはそんな度胸はない。なによりもティリアを傷つけるような真似はしたくはなかった。

「うおおおおお！　姫様が私のことを誘惑だと!?　そんなっ、そんな馬鹿な！」

　枕に顔を押しつけて、妄想のなかのティリアを振り払おうとする。

　だけど、そう簡単にやらかしてしまったことが消えてくれるはずもなくて。

　ガチャリ――、自室のドアがいきなり開いたのは、ベッドでうつ伏せになってジタバタしているときのことだった。

「なんです、騒々しいですね。なにを一人で叫んでいるのですか？」

部屋に入ってきたのは、小柄なメイド長……ミントだった。

そんなミントは無表情のままで続けるのだった。

「大浴場から絶叫しながら王城を駆け抜けていったかと思ったら、そのまま叫び続けるだなんて。みんな寝静まっている時間なのですよ」

色素の薄い銀髪に、白夜を思わせる銀色の瞳は、ミントにその気がなくても打ち抜かれているような気になるほどに鋭い。

「な、なんだよ。ドアを開ける前はせめてノックくらいしてくれよ」

クリスはぶっきらぼうな口調でミントのことを睨み付けてやる。

本来ならばミントのほうが年上だから敬語を使いたいところだけど、それはミントがあまりいい顔をしないのだ。メイドに敬語を使う王家直属の近衛兵がどこにいるのか、と。

しかしミントは無表情に言い放つのだった。

「ノックなら何回もしました。それになんですかその格好は。タイツを穿いているとはいえスカートが捲り上がっているではありませんか。はしたない」

「なっ、これは……、誰もいないから、つい……っ」

「近衛兵たるもの、常に緊張感を持っていることが大事なのでしょう？」

「ぐぬぬ」

正論を言われてはクリスは黙ることしかできない。いつもミントにはこんな感じだ。

それでも、ミントは頼れる姉のような存在で、いつも相談ごとには乗ってくれるからありがたく思っているのだが……。

「あ、そうだ、ミント。実は相談ごとがあるんだけど」

「なんです？　また料理を教えるのならイヤですからね。あなたときたら、なんでも火力全開だし、卵さえも上手に割ることができないんですもの」

「あれは火力が強いほうがパパッと終わりそうだし、卵なんて触っただけで割れるんだからしょうがないだろ。って、今はそんなことはどうでもいいんだ。相談というのは……」

「ティリア様のことでしょう？」

「な、なぜ分かった」

「なぜって、あなたの顔に書かれているからです。昔からすぐに顔に出るんだから」

「む、むぅ……。それなら話が早いが……、その、なんだ……」

いくらミントが相手とはいえ、ティリアの性的嗜好を話しすぎるのは憚《はばか》られる。ここは遠回しに伝えることにするが……、

「なるほど、ティリア様は激しいのがお好き、と」

「もの凄く率直に言うとそのとおりなんだが……、その、痛いのが気持ちいいというのは、どういうことなんだ？」

「別に不思議がることなんてありませんよ。激しいのが好きな人は意外と多いものです。あなたが思っている以上に」

「そ、そうなのか……？」

ミントは平然と言い放つも、しかし急にそんなことを言われても実感は湧かない。痛いのが好きだなんて。いままでクリスは嫌と言うほど訓練で痣を作ってきたのだ。

「うーん、急にそんなこと言われても、やはり実感が湧かないんだが……。それって、姫様を傷つけることになるんだろう？」

「加減すればいいのです。それに昂った女体はちょっとくらいの痛みは気持ちよく感じてしまうもの。そうでなければ、殿方なんて受け入れられるはずないでしょう？」

「私にそんなこと言われても分からないぞ。男っ気がないからな」

「私も知りませんが」

「知らないのかよっ」

思わず全力でツッコミを入れてしまう。

それでもミントは静かに、そして自信のある声で言うのだった。

「しばしお待ちください。こんなこともあろうかと、一級品の資料を用意してあります」

「一級品の、資料？」

するとミントはスカートの中から大量の本を取り出したではないか。そのスカートの中は一体どうなっているのだろうか。

「なんだこれは……ッ」

クリスは絶句してしまった。なにしろ本――ハードカバーで立派な百科事典のようなものだ――をベッドの上で広げると、そこには未知の世界が展開されていたのだ。

ご丁寧にもイラスト付きでプレイの内容が載っている。

「な、なんでこの女性は、ロープで縛られているのに気持ちよさそうな顔をしているのだ⁉　それに、ああっ、鞭だなんて！」

動揺しているクリスの横で、しかしミントは眉一つ動かすことなく言う。

「こんなのまだまだ序の口なんですけど？　もっと激しいことだってあるんですから」

「う、うわぁ……。ロープで吊り上げられてるし、しかもロウソクだなんて……熱くないのか？　こっちは手枷⁉　これでは我が国で禁止されている拷問じゃないかっ」

「クリスにはそう見えても……ほら、みんな気持ちよさそうにしてるでしょう？　普段は規則にがんじがらめにされているぶんだけ、非日常的な刺激に燃え上がっているのです」

「規則でがんじがらめ……なるほど、姫様も不平不満は言わないけど、確かにすでに許嫁が決まっていたり、眠り姫の重責というプレッシャーもある……」

「そう。だからティリア様も刺激的なことに身体が反応してしまうというのは、ある意味当然のこと」

「だ、だがなぁ……っ」

さすがにこの本に書かれているようにティリアのことを縛り上げて、鞭やロウソクで痛めつけるというのは、クリスの良心が咎《とが》める。

しかしクリスだって女なのだ。本に載っているプレイを見ていると、なぜかドキドキしてきて股間が疼いてくるのも事実だった。

堪らずに内股を擦り合わせてみると、ぬるっ——、ショーツの裏側に熱い蜜が広がっていた。いつの間にか濡れていたらしい。新しいショーツに替えたばかりだというのに。

「クリス。ティリア様がどこまであなたに望んでいるのかは知りません。だけど、縛る側も、縛られる側にも大事なことがあります」

「そ、その心は……？」

「大事なこと。それは相手を信頼することです。そうすると相手もまたあなたのことを信頼してくれるでしょう」

——正気か？　思わず口をついてしまいそうになった言葉を飲みこむ。確かにこんなにハードなことは、相手を信頼していないと任せることなんてできそうにない。

「ティリア様のことを気持ちよくさせてあげたいのでしょう？　それにクリスがここで上手くティリア様を『開発』してあげないと、将来もしも眠り姫になったときに殿方と絶頂できないということになりかねません。クリス、あなたの双肩には、いわば世界の命運がかかっているといっても過言ではないのですよ」

「そこ、急にスケールを大きくしないでくれないか」

「事実を言ったまでです」

ミントの言葉に、クリスは肩をすくめてしまう。

ティリアにもっと激しくして欲しいとせがまれたり、ミントには新しい世界を垣間見せられたり。今日は散々な日だ。しかしミントは更に追い打ちをかけてくるのだった。

「おっと、大切なプレゼントを渡し忘れるところでした」

「な、なんだ？　嫌な予感しかしないんだが」

「そんなに警戒することはありません。これを使ってティリア様を気持ちよくさせてあげなさい。ふふっ」

ミントの銀色の双眸が、かすかに微笑む。ミントがメイド服のスカートの中から取り出したもの……それは、麻縄に手錠、更にはアイマスクなど……。

「ミントさん、これはどのようにしてお使いすればいいのですか？」

敬語になってしまうクリスだが、ミントは眉一つ動かすことなく言い放つのだった。

「ご想像にお任せします」

☆

「ご想像にお任せしますって！　あんなもの見せられたあとで言われてもエッチなことしか思いつかないだろ‼」

麻縄を渡されてからというもの、クリスは一睡もできずにいた。

窓の外からは、小鳥の鳴き声とともに東の空がうっすらと青白んできている。そろそろ起きて朝の鍛錬をしなければならない時間だ。だが今日はそんな気分ではない。それどころか、ティリアとどんな顔をして会えばいいのかさっぱり分からない。

会った瞬間に赤面して鼻血を噴きそうだ。

（だがそうも言ってられない、か……）

たしか今日は朝から、隣国カトレア帝国との会談の予定が入っていたはず。もちろんティリアも参加する予定だ。と、いうことは、それは当然クリスも影のように付き従って警護しなければならないということを意味する。

「気が重たいが、姫様から逃げるわけにもいかないし、な……」

クリスはのっそりとベッドから起き上がると、気怠げに騎士の礼装に身を包んでいく。

姿見の前に立って、タイが曲がっていないかを確認。……よし、大丈夫なようだ。

近衛兵たるもの、どんなに疲れていても顔に出してはならないのだ。

ゆうべはティリアとあんなことをしてしまって、いったいどんな顔をして会えばいいのだろうか？　もしも気まずい雰囲気になってしまったらどうしようか、いや、それ以前に私が鼻血を噴いてしまうかもしれないし、そもそも目を合わせるのも恥ずかしいし……！

しかし――、そんなクリスの心配は杞憂に終わったようだ。

「ふぁ～、退屈だなぁ……」

ティリアがあくびを噛み殺しながら呟いたのは、オーキッド王国会議場・白鯨の間で、カトレア帝国との会談での席のことだった。

もちろん端から見たらあくびもしてないし、退屈そうに呟いてもいない。それが分かるのは、すぐ脇に立っているクリスくらいなものだ。長年ずっと一緒にいるから、横顔を見ているだけでも、なんとなく考えていることが分かるようになっている。

――さて、この白鯨の間とは、その名のとおり大海に見立てた青のカーペットが敷かれた広間に、白鯨のように巨大な大理石製の長机が置かれている会議場である。

ティリアの父であるオーキッド二十四世とその側近たちと、カトレア帝国の女王・妙齢の美女エリーゼ五世と側近たちが、長机に向き合って詰めの議論をしている。

議論に参加しているのは各国トップとそれぞれの議題を担当している大臣だが、ティリアも末席とはいえ顔を出さなければならない。

（確かに規則でがんじがらめな生活、か……）

ティリアのそばに影のように立ち、クリスは人知れずそんなことを思うのだった。

☆

「あー、疲れちゃった！」

「今日は本当にお疲れ様でした、姫様」

ティリアは自室に帰ってくるなり正装用のドレスから、普段のオフショルの白のドレスに着替えるとバルコニーに出る。

すでに陽はとっぷりと暮れ、深い藍の夜空には星々が瞬いている。

「もう、肩こっちゃうわよね。特にあの女王様？　クジャクみたいな扇持って、エリマキトカゲみたいなドレス着てるし」

「ははっ、姫様の言いたいことも分かりますが、どこで誰が聞いているか分かりません。あまり大きな声では言わないほうが」

「分かってるわよ、そんなこと」

ティリアはイタズラっぽい笑みを浮かべると、小さく舌を出してみせる。

それはほんの些細な仕草。

だけど、クリスの忘れかけていた記憶を呼び起こすには十分だった。

(あっ、ティリア様の舌……柔らかそう)

ふとそんなことを考えてしまったら、もう妄想を止めることはできない。クリスの口内には、ティリアの舌の淫靡な感触が鮮やかに蘇ってしまっている。

無垢だと思っていたティリアの舌先が妖艶にうねると舌に絡みついてきて、ただひたすらに快楽をむさぼり合った。

(姫様の舌が、あんなにもエッチだなったなんて)

思いだしてしまったら、勝手に頬が熱くなってくる。口のなかに唾液が溜まってきて、切なげに口をもごもごしてしまう。その変化を見逃してくれるティリアではなかった。

「ふふふ」

ティリアは、してやったりと言いたげな笑みを向けてくる。

「な、なんですか姫様」

「クリス、いまエッチなこと考えてたでしょ。わたしの舌を見ただけだっていうのに」

「なっ。べ、べべべっ、別にそんなことはっ」

「ごまかさなくてもいいの。何年一緒に過ごしてると思ってるのよ。お互いに、お父様とお母様よりも長い時間いるっていうのに」

「む、むぅ……」

「そんなに意地にならなくてもいいの。それに、クリスには重大な使命があるのを忘れちゃってるのかしら」

「使命……？」

「そう。わたしを性に目覚めさせるという、重大な使命が！　わたしが眠り姫になったときに、もしも将来の騎士様に失望されたら、世界の平和が脅かされちゃうかも？」

なんだかどこかで聞いたことがあるセリフのような気がする。なぜみんな、私に世界を背負わせようとしてくるのだろうか。

「それではクリスに命じまーす。わたしとキスをして、気持ちよくさせてみて下さい！」

「そんなこと言って、姫様がキスをしたくなっただけでしょう？」

「バレたか。てへっ」

「まったく、……キスだけですからね」

「うん。キスだけで我慢するからさ」

一度キスを交わし合った仲とはいえ、まだ照れは残っている。クリスの頬も赤ければ、努めて明るく振る舞おうとしているティリアのほっぺたも真っ赤になっている。

ティリアは瞳を閉じると、

「クリスとのキス……んっ、ちゅ」

唇に感じる、ふっくらとした感触。触れるだけのキスでは我慢できずに、クリスはギュッと唇を強く押しつけていく。

もっちりとした愛しき姫の唇を感じていると、そこから熱が溶け合って全身が熱くなっていき——、じゅわっ。

濡れてきてしまった下着に、一瞬だけクリスは身体を強ばらせてしまう。それでも姫は快楽を求めるかのように、舌を入れてくる。

「んっ、姫っ、さまぁ……、舌は……んっちゅううぅっ」

「クリス、クリスぅ……んっ、れろ、れろ……んんっちゅううぅっ」

「姫様……いけませんっ、それ以上されると……んちゅっ、んみゅうっ、と、溶けるっ」

「……もう少しだけぇ……！　んっ、ちゅるる……っ、はっ、はっふうっ」

ぷはっ！　守るべき姫からのディープキスから解放されると、クリスは大きく息を吸い込む。頭がクラクラしているのは酸欠のせいか、それともキスに酔ってしまったからだろうか。それは朴念仁な女騎士にもわからないことだった。

(姫様、凄くエッチな顔してる……)

唇を離したばかりのティリアは、トロンとまなじりを下げて、こちらのことを見つめてきてはいるけど、どこか焦点は合っていない。

その唇には二人分の唾液が混じった銀糸が張っていて、夜の涼風へと消えていく。

「はぁ、はぁ、はぁ……。やっぱり凄いよ……クリスとのキス。なんだかフワッとしてきて、とっても心地いいの」

陶然とした表情で呟くと、ティリアは更にキスを求めてくる。クリスはそのキスを正面から受け止め、舌が潜り込んでくれば軟体生物のように絡みつかせていった。

やがてティリアの身体にも変化が現れてくる。

オフショルで剥き出しになっている肩、こぼれ落ちそうになっている乳房が桃色に染まってくると、甘酸っぱい薔薇のような香りが漂ってきたのだ。

最初はそれがなんなのか分からなかったが……、クリスは気づいてしまう。ティリアの身体に浮き上がっている汗が、胸の谷間へと流れ込んでいくと、薔薇の香りが甘い蒸気となって漂ってきたのだ。甘酸っぱい薔薇の香り……、それはティリアの発情臭だった。

「ンッ、チュ……ああ、クリス……、もうわたし、我慢できない……。キスだけじゃ、なんか我慢できないの」

ティリアは切なげに内股をもじもじと擦りながら、なにかを求めるかのように上目遣いで見上げてくる。ティリアがなにを求めているのか……、付き合いが長いからこそ分かってしまう。だけど、本当にそれでいいのか？

ゆうべの大浴場のようなことになれば、ティリアを傷つけてしまうかもしれない。

それでもティリアは無垢に誘惑してくるのだ。

「いままでこんな気持ちになったことなかったのに……、クリス、これっておかしいことなのかな。なんか、おまたが熱くなって、変な気持ちなの」

「ティリア様……、それ以上言われると、私はあなたのことを傷つけてしまうことになるでしょう。お願いですから、それ以上は言わないで下さい」

「わたしは……、クリスにならなにをされてもいいって思ってるんだけどな」

「なにをされても……？　本当に、ですか？」

いけないと分かっていても、クリスは確かめるように聞いてしまう。それでもティリアの返事は変わらなかった。

「もう、何度も同じことを言わせないの。これでも恥ずかしいの我慢してるんだから」

「す、すみません……」

ついつい、いつもの癖ですぐに謝ってしまう。これからもっと酷いことをするつもりだというのに。だが口では謝っておきながら、胸の奥底には、自分でも戸惑ってしまうほどに背徳的な熱い感情が脈動している。

（姫様が乱れる姿を、もっと見てみたい……）

そんな考えに、自分のことながら驚いてしまう。だがこの性の衝動を、官能に瞳を潤ませているティリアに見つめられて、抑えることなどできるはずがなかった。

「姫様、どうなっても知りませんからね」

「クリスったらそんなこと言って、また逃げたら承知しないんだから」

挑発的な笑みを浮かべるティリアを――、

「御免っ」

クリスは懐から麻縄――ミントから渡された――を取り出すと、ティリアの身体を縛り上げていた。

「ふむ……、相手を美しく縛り上げる技術は、捕縛術に通じるものがあるな。ここをちょっといじり回してやれば、いい感じに縛ることができないか？」

「クリス、ストップ！　そんなに縛ると痛たた！　息苦しいって！」

「あんまり暴れないほうがいいですよ。この縛り方は、暴れれば暴れるほど深く食い込んでいくようになっていますから」

「ああッ、変なところに食いこんできて……っ！　あっあん！　そんなところに食い込んできたら、だめぇっ」

「変な声を上げないで下さい。誰かに聞かれたらどうするつもりですか」

「そんなこと言っても、あっ、ひっ！　クリスが変な縛り方するからっ。クリスったらロープ持つと性格変わるの⁉」

「そ、そんなことはないと思いますが……」

麻縄を使って人体を縛り上げる技は、騎士として悪漢を制圧するために身につける必修科目でもある。だからついつい手を抜かずに強く縛りすぎてしまったようだ。

「申し訳ありませんでした。いま解きますからね」

「ちょっと待った！　なんで解くかな⁉　わたしは解いてなんて頼んでないのに」

「でも痛そうにしてますし」

「そ、それがいいんじゃない……ごにょごにょ」

なんか語尾がよく聞こえなかったけど、聞き返さないほうがよさそうだ。とりあえずは無言で解こうとするも、

「だからちょっと待ってよっ。ねえ……、せっかく縄があるんだからさ、もっとスリルがあること、やってみたくない？」

「えっ？」

まさかのティリアの言葉に、嫌な予感を察知したクリスは頬を引き攣らせてしまう。そしてその予感は、見事に的中することになる——。


「ほ、本当にここで始めるのですか⁉」

「ふふふっ、もう夜中なんだしさぁ、それに今日は宮廷晩餐会でみんなお酒飲んでるから誰も起きてきやしないわよ」

「しかし万が一ということも」

「そのスリルがいいんじゃないの」

一度麻縄を解いてやったティリアに手を引かれるがままに連れていかれたその先は、まさかの『白鯨の間』だった。

今日の日中、カトレア帝国との会議を厳かに行っていた、その場所である。

「さ、さすがにここで姫様を締め上げるというのは……っ」

「いつも束縛されてる場所でやるのがいいんじゃないの」

「えぇー……」

これにはさすがのクリスもドン引きしてしまう。まさかとは思っていたけど、ティリアは真性の……生まれついてのマゾなのでは？

だから、自分でオナニーをしても、刺激が足りず絶頂することができない……。

そう考えれば、合点がいくような気がする。

（それにミントの言うとおり、日々の公務でストレスを溜めてらっしゃるのだろうか？　だからこんな場所で……。よし、こうなったら今夜は姫様のワガママにトコトン付き合うぞ！　それで絶頂すれば、しばらくは……一ヵ月くらいは満足してくれるはず！）

バシンッ！　女騎士は麻縄をしごくと表情を引き締める。

「どうなっても知りませんからね、姫様」

「おおう、クリスったら怖い顔してるっ。どうやって楽しませてくれるのかしら？」

期待に満ちあふれた視線を向けてくれるティリア。仕事人の顔になった女騎士は、その柔らかな肢体を麻縄で一気に縛り上げていた。

「ちょっ⁉　く、苦しい……っ」

「誰かに見つかったら大変です。ちょっと苦しいと思いますが、今夜は激しく一気にいきますから覚悟して下さいね」

クリスが操る麻縄は、姫君の柔肌を大蛇のように這い、締め上げていく。

後ろ手にクロスさせた手首を縛り、乳房を強調するように食い込ませ、両脚を広げて吊り上げる。それは、子供が抱え上げられておしっこをするときのポーズでもある。

「シャンデリアのフックに引っかけてやれば完成です」

この部屋の天井には、シャンデリアを吊り下げるためのフックが垂れ下がっている。

ティリアを縛り上げている麻縄の一端を、この天井のフックに引っかけて吊り上げてやれば、両脚吊りの完成だ。

「どうです。上手く縛り上げられたと思いますが」

「ク、クリスっ、手加減なしだなんて……あんっ！　おっぱいが飛び出しちゃうっ。それにこれじゃあおしっこさせられるときみたいで……っ、こんなポーズ、恥ずかしいよぉっ」

それは少女として屈辱的なポーズ。少しでも脚を閉じようとしているティリアだけど、両脚を吊っている麻縄によって強制的に開脚させられてしまう。

「うっ、ぐぅ……っ。こら、クリスっ、そんなに見ないのっ。あっ、んんっ、なんか見られてると……っ、変な気持ちに……っ、熱くなってきて……ああっ」

(縛り上げられてさえも美しいとは……)

その姿に、クリスは思わず見とれてしまう。

ゆらゆらと揺らめくランプの灯りに浮き上がるティリアの身体は、ジットリと汗ばみ甘美な薔薇の香りを漂わせている。

ティリアが身じろぎをするたびに麻縄がギシギシと鳴き、ドレスの裾が擦れる音が妙に大きく響き渡る。

「我ながら上手く縛れたものだな。姫様の美しさも相まって、一枚の絵画のようだ」

「もうっ、そんな鑑賞しないのっ。あっひ！　うう！　見られてると思うと……あっ、ああぁ……だめぇ……っ」

ティリアは気まずそうに腰をくねらせる。するとまだ触れていないというのに、ショーツにじゅわりと暗い染みが滲み出してきたではないか。

「姫様のショーツ、もう濡れてきています……」

「そ、そんなことわざわざ説明しないのっ。うう～、見られてると勝手に濡れてきちゃうんだから……っ。ああっ、縄、食い込んできて……はううっ」

かすかに震えるティリアのソプラノボイス。その細やかな振動が脳に反響し、精神を痺れさせていく。どんなに極上の弦楽器でも、ここまで甘美な響きを奏でることはできないだろう。

「ティリア様……、こんなに可愛いなんて……」

「えっ、ええ⁉　クリス、ちょっと目が怖いっ」

「そんなことありませんよー。ふふふ」

きっとティリアから発散されている香りに酔ってしまったのだと思う。

ランプの炎に浮き上がる、うっすらと汗が浮かんだティリアの裸体からは甘い薔薇の香りが漂ってきていたが……、発情するにつれてショーツからは、やや酸味を帯びた香りが立ち昇ってきている。

「姫様がいけないんですよ？　私のことを誘惑するから。……んふっ、ふふふ」

「ちょっ、誘惑⁉　なにを言ってるのかな⁉」

頬を引き攣らせているティリアの唇が、サクランボのような艶を宿して誘惑してくる。

「ティリア様……んっ」

「んにゅうっ！　んんぅ……」

唇と唇が触れた瞬間ティリアは全身を硬直させるけど、すぐに力を抜いてくれる。

「んっ、クリス……っ、舌、絡みついてくる……っ」

「れろ、れろ……。姫様の舌ぁ……、溶けそうになってる……っ」

「ふっ、ふうぅ……っ。それはぁ……っ、クリスがちゅぅしてくるからぁ……っ」

グチュ、グチュ、レロレロレロ……、とろぉ……。

広々とした白鯨の間に、淫靡な水音が響き渡る。

舌と舌が絡みついて、ネットリとした唾液が交わる。

「ふぁぁぁぁっ、らめ、溶けりゅっ。ふみゅうっ、クリス、それ以上されると……」

「溶けて……っ、んっ、ふう！　くらさいっ、私の舌で、溶けて……っ」

ティリアの身体から、フッと力が抜けていき……、直後には小刻みに痙攣し始める。

「――――ッ！　――――ッ！　――――ッ！」

舌から伝わる熱が、脳髄まで溶かしてしまったとでも言うのだろうか？

紫紺の瞳からは止めどなく涙が溢れ出し、口元からはだらしなくヨダレが垂れ、胸の谷間へと落ちていく。

「ひ、姫様……？　ティリア様……!?」

クリスはやり過ぎてしまったことを自覚した。ティリアに声をかけてみるも、

「ひっ、ひううっ！　あっ、ひぃ！」

引き攣った悲鳴を漏らしながら痙攣している。

（ティリア様のいい匂い……。し、しかし……これ以上やってもいいのか!?）

縛り上げてキスをしてから迷うのも我ながらどうかと思うが、乱れきっているティリアを見ていると、これ以上先に進んでいいものか迷ってしまう。

むせ返るようなヨーグルト臭を感じてティリアの股間へと視線をやると、すでにショーツはおもらしをしたかのようにぐしょ濡れになっている。

「ひっ、ひうう！　縄が食い込んできてぇ……っ、はっ、はん！」

柔肌に麻縄が食い込んでいくと、赤い縄文《じょうもん》が刻まれていく。

「姫様、これ以上やっても……よろしいのですか……？」

ティリアはなにも応えない。ただ、物欲しそうにこちらを見つめてくる。

いままではティリアのことを責めきれなかったけど、縛り上げてみてから確信した。

我が守るべきプリンセスはドMなのだ、と。

「分かりました、姫様。それでは今日こそは最後までお供させていただきましょう」

覚悟を決めて、ティリアの秘筋が食い込んでいるショーツへと指をめり込ませていく。

ちゅぷっ、じゅぶ、じゅぶ、じゅぶ……、ふっくらとした、やや土手高のクレヴァスへと指がめり込んでいくと、蜜が溢れ出してくる。

「くっ、ひぃんっ！　クリスの指……っ、ううっ、おまたに入ってきてる……！　ああっ、痺れるっ、なんかムズムズして……ひうう！」

クレヴァスへと指を食い込ませただけだというのに、ティリアの感度は抜群のようだ。

内股は桃色に染まり、淫洞が痙攣するたびに内股までもが痙攣している。

「ティリア様のお汁、こんなにヌルヌルで、それに白く濁ってますよ」

見せつけるようにティリアの眼前に指先で糸を張ってやると、それさえも快楽のスパイスになっているのだろう。ティリアの股間からは更に粘液が溢れ出してきて、青のカーペットに落ちると染みとなって広がっていく。

(本当に私がティリア様を気持ちよくさせているんだ……！)

いままで恋い焦がれてきた少女のクレヴァスは熱い蜜を漏らし、それ自体が蠱惑的に誘ってきているようでもある。

クリスもまた昂り、その指先に全神経を集中していく。

(ティリア様、どうか私で達して下さい！)

ティリアが本気に達したところは見たことはないけど、白濁した本気汁が溢れ出してきているということは、絶頂はすぐそこなのだろう。

——あとは一気に、ラストスパート……！

（ここでティリア様の身体に……、私が初めての絶頂を刻み込む！）

ショーツ越しにティリアのクレヴァスへと指を食い込ませ、少女の一番敏感で小さな器官……クリトリスを探り当て、

「⁉」

だがそのときだった。会議室に近づいてくる足音が一人分。

クリスは慌ててランプの灯火を吹き消す。と同時に天井のフックにかかっている麻縄を外すと、ティリアを床に落としていた。

「あいたっ」

分厚いカーペットにティリアが尻餅をついてしまうが今は堪忍して欲しい。今にも達しそうだった少女は不満げだ。

「えっ、あ……っ、なに……ンッ、はぁぁん……！　急にやめるなんて……むぐぅ！」

「しっ、お静かに、姫様」

クリスは咄嗟にティリアの口を押さえ込む。もしも縛り上げられてエッチなおもらしをしているプリンセスを見られたら、大変なことになってしまうに違いなかった。

「こんな時間に誰だ……？」

「はぁ……うぅっ、あと……、もうちょっとだったのに……あううっ」

ビクンッ、ビクンッ！　軽い絶頂の波を迎えている少女の熱い身体を背後に守り、クリ

スは大理石の長机の陰から、廊下へと続く扉を見つめる。

　木造の彫刻が施された観音開きの扉は、何事もなければ開かれることなく足音が通り過ぎていくはずだが……ぎぃぃ。

「なっ、なんでこんな時間に会議室なんて来るんだよっ。さっさと寝ろ……！」

　クリスは堪らずに小声で悪態をついてしまう。

　だが会議室に踏み込んできた人影に、クリスは息を呑んでしまう。小さな子供のような背格好をシックなメイド服に包んだその人は、ミントだったのだ。

「やばい。ミントは怒らせると怖いですからね。カミナリ落とされて一週間は草むしりです。ここは絶対に声を上げないで下さい」

「そんなこと言っても……あ、あんっ！　ちょっと……クリス、そんなにロープ引っ張られると、食い込んでくるっ、ひう！」

「ええっ⁉　失礼しましたっ」

「んんうっ、おっぱいがぁ……っ、ひっ、ひっ、ひっぐ！」

　縛ったままにしてあるティリアは気まずそうに身悶えしてみせる。どうやら麻縄がいい感じに食い込んで燃え上がってしまっているらしい。

　チューブトップのブラをあてているはずの乳房……その頂には、キイチゴのようなシコリが浮き上がっていた。

（まさかこの状況で姫様は乳首を勃起させているのか……⁉　見つかったらミントに怒ら

れるっていうのに、興奮している⁉)

　尻餅をついたまま物欲しげな視線を向けてくるティリアを見つめていると、胸の奥底に眠っていた嗜虐心が鎌首をもたげてくる。

　だがここは我慢だ。長机の陰にクリスとティリアが隠れていることを知らないミントは、不審げに首をかしげているのだ。もしもバレたら姫として沽券にも関わってくる。

「……はて、話し声がしたような気がしましたが……気のせいだったようですね」

　と口では言いながらも、ミントは暗い部屋の中を、注意深く凝視している。

「お願いだからミント……っ、早くどこかに……行って……でないと、うう！」

　いまにも達しそうなティリアが抗議するも、ミントにその声が届くはずもない。……そもそも届いてしまったら大問題になるのだけど。

　絨毯にお尻をついて発情している少女は、もう限界のようだ。

　ドレスの上からでも分かるほど乳首が勃起し、ショーツにはクリトリスの芽が浮き上がっている。

　焦らされて、眠り続けていた官能が燃え上がっているとでも言うのだろうか？

(姫様が追い詰められたら、どんな顔をしてくれるんだろう？)

　いつもティリアにはからかわれてばかりだから、ついつい魔が差してしまう。

　クリスが人差し指で、ソッとティリアの脇腹に触れると——、

「〜〜〜〜ッ！」

ティリアは涙目になりながらも声を押し殺している。そこから更に人差し指の一本を脇腹からあばら骨、腋の下へと遡上させていく。

そしてついにドレスに浮き上がっている乳首を、円を描くようにして刺激してやると…

…ガクンッ！　ガクンッ！

ティリア身体を丸めながら、大きくお尻を痙攣させはじめたではないか。

「ヤバ、やり過ぎた……っ。姫様、どうか声を押し殺してっ」

「そ、そんなことっ、言われても、お尻が、勝手に……んみゅううう！」

ティリアが抗議するも、強引な口づけをしてやるとすぐに黙る。

こうしてどれだけの時間を過ごしていただろうか？

「……誰もいないようですね」

ミントの呟き声とともに、バタンとドアが閉まる音。一人分の足音が遠ざかっていく。

どうやら危機は去ったようだ。

「はぁ、はぁ、はぁ……危ないところだったぁっ。んもう、クリスったら、隠れてるときに始めるなんて信じらんないっ」

「こんなところで始めようだなんて言い出したのは姫様のほうです。それにまだ本当の絶頂はこれからですよ」

「ふぇ⁉　あっ、ひぃ！　また吊り上げられるなんて……っ」

再びティリアを吊り上げると、軽く絶頂を迎えているのか痙攣するたびに妖艶なダンスを踊っているようでもある。

「ここまでくればあともうひと頑張りですよ、姫様」

官能に溶けた身体の後ろに回り、勃起しきっている乳首とクリトリスを指先で捉える。

「はううっ、これ以上されたらホントにおかしくなるっ！　飛んじゃう！」

「存分に飛んで下さい」

「あっ、ひっ、ひううう！　はっっっにゃあああああああああ！」

ランプが消えて月明かりに照らし出された肢体が強ばると、
ぷっしゃああああああああ！

クロッチを突き破る勢いで潮が噴き出していく。

「あっ！　ひいい！　おまた勝手に！　イッ、イイイッ！　イッキュウウウウン!!」

プシャッ、プシャッ！　プッシュウウウウウ!!

いままで絶頂したことのない身体に、欲望が溜まっていたとでもいうのだろうか？

ティリアは何度も痙攣し、そのたびに何度も潮を吹き出して、盛大に絶頂を極めてみせるのだった。

「あー、凄かった。イクって、こんなに凄いことだったんだ！」

初めての絶頂から数分後。

ティリアは実にツヤツヤしていい表情で、うーんと背伸びをしてみせた。

会議室から自室への帰り道。みんなが寝静まった夜の廊下には、カツーン、カツーン……たった二人だけの足音が固い音を立てて響き渡っている。

「クリス、腕、組んでいいかな？」

「え、ええ」

戸惑いながらも返事をすると、遠慮がちにティリアが腕を組んできた。まだ絶頂の余韻が残っている少女の身体は、ドレス越しであっても溶けそうなほどに熱い。

「ティリア様の身体、凄く熱くなっています。そ、その……先ほどは大丈夫でしたか？　痛いところなどありませんでしたか？」

「んー？　縛られたりして、ちょっとだけ痛かったけど、クリスが一生懸命なの分かってたから……、嬉しかったな」

「そ、それはなによりです」

ティリアの言葉に、ホッと胸を撫で下ろす。そんなクリスを覗き込むようにして、ティリアは続ける。

「わたしの初めてが、クリス……あなたで本当によかった。初めてのキス、初めての大切な体験……。わたし、一生忘れない。わたしの深いところに刻み込まれてる……」

チュッ、ティリアの唇が近づいてきたので、無意識のうちに瞳を閉じて唇を受け止める。

その温もりを感じると、心の底から安心している自分がいる。

この前までは接吻なんて、考えただけでも罰当たりだと思っていたのに。

（このままずっとティリア様と過ごせたらいいのにな……）

倒錯的だけど、そんなことを考えてしまう。

将来ティリアは許嫁のもとへと嫁いでしまうことだろう。それでも近衛兵としてティリアのことを守り続けることはできる。そうすれば、一生ティリアのそばにいることができるはずだ。

せめて、今の眠り姫があと五年保ってくれれば……ティリアが二十歳になれば、眠り姫の候補から外れる。

そうすれば『獣の夜』に人類が脅かされている世において、ティリアは普通の少女と同じ幸せを得ることができるようになる。

（この幸せが一生続けばいいのに……）

クリスは、腕を組んでいる少女の熱を感じながら、そんなことを思うのだった。

☆

だがそんな些細な幸せは、永くは続かなかった。

「あ、あれは……なんだ⁉」

クリスは夜空に揺らめく七色のオーロラに、我が目を疑ってしまった。

オーキッド王国は北半球に位置するとはいえ、オーロラが見えるほど緯度は高くはない。

それなのに、なぜ？

それに七色というのは？

その答えは、すぐ隣に立っているティリアからもたらされることになる。

「――旅立ちの極光《きょっこう》」

ティリアは、ポツリと呟いた。

全世界でそのオーロラが観測されたのは、ティリアが大人への階段を上った僅《わず》か一週間後のことだった。

ティリアとクリスが、いつものようにバルコニーから星空を見上げていると、突如として夜空が七色に揺らめきだしたのであった。

七色のオーロラは、そよ風に揺らめくカーテンのように、ゆらゆらと揺れている。

「ああ……、眠り姫様が、ついに旅立たれてしまった……」

ティリアは夜空を見上げ呟いた。そのか細い声はかすかだが震えているようにも聞こえる。

通称《旅立ちの極光》。

そのオーロラは、眠り姫とその騎士が寿命を迎え、この世ならざる楽園……ユートピアへと旅立つ道筋であり、次世代の眠り姫を北方に位置するユグドラシア礼拝堂へと続く旅路を照らし出す道標でもある。

旅立ちの極光が出現したということは、現世代の眠り姫がその役割を終えたのだ。

それはティリアがもはや普通の少女として人生を終えることができなくなってしまったことを意味する。

（本当に……、本当にそうなのか？）

あまりにも急に世界平和という名の重責が覆い被さってきたことに、クリスはこれが夢ではないのかとさえ思ってしまう。

だが、どんなに目を擦っても《旅立ちの極光》が消えてくれることはなかった。

「姫様……」

こういうとき、どのような言葉をかければいいのだろうか？

クリスは家族よりも長い時間を重ねてきた少女の背中を見つめながら、声をかけることができずにいた。オーロラを見上げているティリアの背中が、いつもよりも小さく見えるのは気のせいではないのだろう。

いまにも、この世から消えてしまいそうな儚さ――、
ティリアの背中を見つめ、クリスは唇を噛みしめてしまう。

「あと五年……、あと五年、保ってくれさえすればよかったのに……っ。そうすればティリア様は眠り姫として選ばれることはなかったのに……っ」

「クリス、そんなことを言わないで」

ティリアは、背を向けたまま続ける。

「この命は、我が国の民のために捧げると決めていた……。でも、わたしが眠り姫になれば、国どころか、世界中の人たちのために命を燃やすことができる。こんなに素晴らしいこと、他にあるのかな？」

いつもよりも明るいティリアの声。無理をしているのが分かってしまうからこそ痛々しいものを感じてしまう。

「姫様……」

そんな小さなティリアの身体を、クリスは後ろから抱きしめていた。こうして抱きしめていないと、この世から消えてしまいそうな気がして。

「……っ」

ティリアは、一瞬だけ身体を強ばらせたけど、すぐに力を抜いてくれる。

「姫様。無理をしないでくださいとは言えません。しかし、辛いときは……泣いてもいいのですよ。私がすべての涙を受け止めてみせましょう」

その言葉が感情の堰《せき》を決壊させてしまったとでもいうのだろうか？

抱きしめているティリアの華奢な身体が、小刻みにしゃくりあげるように震える。

「クリスとずっと一緒にいたいのに……っ。クリスと別れたくないっ、別れたくないよっ」

「私は姫様の前からいなくなったりなんかしませんよ」

「でも、わたしが眠り姫になって、許嫁の騎士様と永遠の午睡についてしまったら？」

「そのときは……、一生姫様のそばでお世話をしましょう」

「ダメよ、そんなこと。クリスの大切な時間を奪ってしまうことになる……将来あなたに好きな人ができたとき、かけがえのない時間をわたしのために駄目にしてしまう」

——姫様、わたしの好きな人は、すでに目の前に——、口にしそうになって、クリスはなんとか言葉を飲みこむ。もしもこのタイミングで告白なんかしたら、ティリアを混乱させてしまうことになる。

旅立ちの極光が消えるまでの一ヵ月ほどのあいだ――、
その僅かなあいだに、ティリアはゲオルグと結婚し、北の礼拝堂で眠り姫として眠りにつかなくてはならない。だからクリスが告白するなど、決して許されることではないのだ。

「ティリア様、怖く、ないのですか？」

不躾だとは分かっていても、聞かずにはいられなかった。ティリアの想いに、少しでも寄り添っていたかったから。

「怖くなんかない……。なんて言ったら嘘になるかな。だって、ずっと眠り続けるんですもの。それって――」

死ぬこととなにが違うの？　と、言いかけたのだろうか？　ティリアは言葉尻を濁す。

それでも気丈に続けるのだ。

「永遠の午睡についた眠り姫とその騎士様は、望むがままの夢を見ることができると言われている……。だから、怖くもあるけど、ちょっとだけ楽しみなくらいなんだから」

努めて明るく言葉を紡ぐティリアだけど、こちらを向くことはなかった。空に揺れているオーロラを見上げている。

こうしていないと涙がこぼれてしまう――、震える身体が言っている。

「ティリア様。私はあなたを守るべき騎士です。どんなに長い夜のような不安であっても……、誓いの口づけにかけて、あなたのことをお守りしましょう」

これ以上の言葉は野暮というものだろう。

クリスはこの華奢な身体を離すものかと、両手に力を籠めようとするも……、しかしすティリアはその両手からすり抜けると、こちらに振り返った。

その頬は涙に濡れていたが、もう泣いてはいない。

(強いお方だ……)

クリスは心底ため息をついてしまう。しかし同時に思うのだ。少しでもこの今にも消えそうな笑顔を増やせるように支えたい、と。

「クリス……。いまは、あなたの熱を感じたい……」

「私もです。姫様」

ティリアの手を取ると、ほのかな温もり。この熱こそが、いまを生きているという証なのだ。この熱を守るためにクリスは生まれてきたと、心の底から信じることができる。

そしてクリスは更に思うのだ。

この気持ちに偽りはない。運命さえ許せば、一生ティリアをお守りしたい、と。

「ティリア様、一生このままで……」

「ありがとう……クリス」

勢いで口をついてしまった言葉を、しかしティリアは拒絶しなかった。叶わぬ願いだと知っていても。

二人の唇が触れあい、お互いをついばむかのような控えめなキス。
二人のシルエットが一つに重なり、しかし決して溶け合うことがない影が、オーロラのぼんやりとした灯りに照らし出され――、
運命の歯車は、ゆっくりと回り出す。

第四章　旅立ち

「眠り姫がユートピアに旅立ったなど……なにかの間違いであればいいのに……！」

旅立ちの極光が出現してから一週間が経った。

クリスは夜空に揺らめくオーロラを見上げるたびに苦々しげに呟く。こうして呟いたのは、何度目なのか数えられぬほどに。

クリス自身、旅立ちの極光を見るのは初めてのことだった。

だからこのオーロラは旅立ちの極光ではなく、無慈悲な白羽の矢がティリアに立ったわけではない……。そう考えることで、精神を平常に保とうとしていたのかもしれない。

「このオーロラはなにかの間違いなんだ……。そうだ、きっとそうに違いない……っ」

これからもティリア様に振り回されながら、それでも平穏に暮らして。

そしてゆっくりと年を重ねて、やがてティリア様は結婚して。私はそんなティリア様の横に立っているだけで幸せでいられる。

クリスは《旅立ちの極光》を一人眺めながら、ありもしない未来を夢想する。

平穏だけど幸せな未来――、
だけどそんなクリスの想いは、無情にも裏切られることになる。

オーキッド王国に、早馬に乗った伝令が駆け込んできたのだ。

伝令は無慈悲にも書簡を読み上げるのだった。

ユグドラシア礼拝堂で『永遠の午睡』についていた眠り姫とその騎士が寿命を迎えユートピアに旅立ったこと。

眠り姫の候補であるティリアは『永遠の午睡』につくべく、ユグドラシア礼拝堂へと出発する必要があること。

残された時間は三週間ほどであること。

オーキッド城・謁見の間で、国王と王妃、ティリア、その脇に直立するクリスを前にして淡々と書簡を読み上げる伝令の声が、クリスには別の世界で反響している、意味を成さない音のように聞こえる……。

☆

出立の日。

その日はティリアたちの旅立ちを大地が祝福するかのように草花が萌え上がり、空は抜けるようなコバルトブルーに透けている。

オーキッド王国を出立するにあたり、全国民が総出となってティリアを送り出してくれた。

王城から真っ直ぐに伸びるメインストリートは、ティリアの最後の姿を目に焼き付けようという国民たちで溢れかえり、惜別の胡蝶蘭の花びらが舞っている。

(ティリア様を安全にユグドラシア礼拝堂までお届けすることが、騎士団長として私にできるせめてものこと、そして最後の仕事……)

人知れず想いを秘め、白馬に乗ったクリスは騎士団長として、国民たちの視線と期待を一身に受けて隊列の先頭に立って進んでいく。

クリスの頬にはよく目をこらせば涙が乾いた跡が残っている。だがティリアの前では絶対に泣くものかと決めたのだ。

女騎士団長は気丈にも前を向き手綱をさばくと、応えるように白馬も嘶く。

オーキッド王国を発ってからの道のり——、眠り姫の許嫁であるノヴァシュタット第一王子・ゲオルグのもとへと向かうために進路を北西にとり三週間弱。そしてそこから北の礼拝堂までの旅程を二日ほど。

片道三週間の長旅を乗り切るための隊列は、かなりの長さになっている。

クリスが王国を守るように作られた城壁に辿り着いたころ、隊列の最後尾はまだメインストリートの中程を過ぎたところにいた。

最後尾には食料や水、薬などを運ぶための巨象の獣・メガタスクを配し、その周囲を獣使い……テイマーが囲う。

知性の低い獣ならば、人類が長年に渡って編み出した調教術によって、ある程度ならば使役できるようになっているのだ。また、警戒用に番犬も連れられている。

ティリアが乗っている馬車は、隊列のちょうど真ん中……一番ガードが堅いところに配されている。

オーキッド王国が誇る騎馬隊に囲われた馬車には、ティリアとその世話をするためにミントが乗っていた。

　ティリアとミントが乗っている馬車は、シンプルだがシックな木製。両サイドの扉には白蝶貝によって作られた胡蝶蘭の紋章が陽を浴びて煌めいている。

「ティリア様。ご気分が優れないときは、なんなりとお申し付け下さい。即効性のある酔い止めの薬を用意してあります」

「ありがとう、ミント。でも、こんなにもたくさんの人が、わたしたちの旅立ちを祝ってくれているのですもの。酔ってなんかいられないわよ」

「確かに……、そうですね。ティリア様の姿を一目見ようとたくさんの民が押しかけて、街の外壁の上にまで見物人がいるらしいですよ」

「……私の最後の姿を、みんなに覚えておいてもらわないと、ね……。ミントも、ほら、一緒に手を振ろうよ」

「ええ、そうですね」

　ミントはほんのかすかに微笑むと、観衆に向けて小さく手を振る。

　眠り姫としての重責を担うティリアは当然のこと、ミントにも重要な役割がある。

　それはオーキッド王国の大使として親書を預かっているほか、眠り姫とその騎士の見極め人を務め、結婚式からそのあとの世話役をこなすことまで多岐にわたる。

　見極め人として眠り姫に仕えると、眠り姫とその騎士と寿命が共有され、眠り姫が役割を終えるまで永遠の若さを手に入れるといわれている。

ミントも、この任に殉じる覚悟を持ってあたっているのだ。

「もう、この景色をみることはない……。みんなとも、もうお別れ……」

窓を開け放って、ティリアは国民たちの声に応えるように手を振っていく。その窓から
——ひらり、
一匹のモンシロチョウが舞い込んできて……、

「あっ」

ティリアが手のひらに取ってみると、それは実は胡蝶蘭の白い花びらなのだった。

オーキッド王国に唯一制定されている国花でもある。

「胡蝶蘭の花言葉は『純粋』『幸福が飛んでくる』そして……『あなたを愛します』。これほど今のわたしたちにふさわしい花はないと思わない？　みんなの想いがあるからこそ、この命を燃え上がらせることができる……」

「ティリア様……」

手のひらに舞い降りてきた胡蝶蘭を見つめながら、ティリアは呟く。その紫紺の瞳は闇に遮られていて、この旅で失うものを受け入れる覚悟を思わせる。

それでもティリアは聞かずにはいられなかった。

「ねえミント。クリスは……、クリスはわたしのことをどう思っているのかな」

「どう、とは？」

馬車の向かいの席に座っているミントは、無表情のままで首をかしげてみせる。

「どうって……その、そう改めて聞かれると困っちゃうんだけど」

そんなティリアに、ミントは苦笑しながら言うのだった。

「そういうことですか。それならば心配することは何一つありません。クリス様は、ティリア様のことを大切に想っていますよ」

期待どおりの答えだけど、それがかえってティリアを不安にさせる。

大切に想われているのは嬉しいことだけど、それは『姫』として、守る対象だからではないのだろうか？

このことを面と向かって聞くことは、クリスの忠誠心を冒涜することに等しい。こうして内心で考えることさえも、背徳的なことのように思える。

顔を上げると、ちょうど馬車は王国の外壁をくぐり抜けようとしているところだった。

分厚い外壁の影を抜けると、そこはもう人間の領域ではない。

獣が跋扈する、力が支配する世界だ。

……とは言っても。まだ陽の高いこの時間は、まだまだ獣たちの気配はない。獣たちが本格的に活動を始めるのは、陽が没してからなのだ。

だから人類は陽の高い時間を利用して各国と交易をし、大いに栄えてきた。

ティリアが馬車の小窓から顔を出してみると、若葉の香りを孕んだそよ風が頬を撫でていく。はためく銀髪を押さえて行く先に目をこらすと、長い年月をかけて敷き詰められてきた石畳の道が、草原を刻んでいた。

「この旅の辿り着く先に、どうか数多の愛が生まれますように……」

ティリアは手のひらに載せた胡蝶蘭の花びらを、春のそよ風に向けて差し出す。すると風をつかまえた花びらは、まるで蝶のように舞い上がりコバルトブルーの空へと消えていった。

その先には、ティリアたちを導くかのように七色のオーロラが揺らめいていた。

☆

「各小隊、これより森に入るぞ！　守備隊は姫様が乗っている馬車に集中しろよ！」

騎士団長として隊の先頭に立つクリスは、白馬の手綱を捌《さば》きながら指示を飛ばす。

ノヴァシュタット王国に向かうためには、オーキッド王国とを繋いでいる交易街道を使うのが一般的である。

オーキッドから三週間弱ほどの日数をかけてノヴァシュタットに着くことができるから、昔から盛んに商人が行き来している。

クリスたちもこのルートを使おうと思ったのだが……、一つだけ問題があった。

途中、街道を覆い隠すようにして、鬱蒼《うっそう》と茂る森があるのだ。

通称《翡翠の森》と呼ばれている森林地帯は、しかし美しいのは名ばかり。

石敷きの街道を外れたが最後、幾重にも重なった翡翠色のツタ植物によって、気がつけば森の奥深いところまで迷い込んでしまう。

そうして森に入って帰ってこれなかった商人たちの魂が怨霊となって、いまでも陽が没するとさまよい歩いているのだとか。

森を迂回するルートも存在はするが、今回の旅に残されている時間は少ない。《旅立ちの極光》が消えるまで、あと三週間ほど――、それまでに、ティリアをユグドラシア礼拝堂までエスコートしなければならない。迂回している余裕はなかった。

だからこの翡翠の森は、この旅の最初の難所といえた。だが――、

(……おかしい、誰かに見られている感じがする)

クリスが視線を感じたのは、森の街道をしばらく進んだときのことだった。

チクリとうなじに刺さるような違和感は、間違いない。誰かがこちらを監視している。

(一体、誰か……?)

不審に思って森を一瞥《いちべつ》するも、翡翠色のツタがヴェールのように重なっているばかりで人影を見つけることはできない。

(気のせいか？　いや、用心しなければ、な……)

クリスは白馬の腹を軽く蹴ると、再び先を急ぐ。

左右を鬱蒼と茂る森に囲われた一本道では、先頭が敵を見逃さずに発見することが生存に繋がる。遭遇戦をできるだけ避けるのだ。

用心しながらも、できるだけ速やかに翡翠の森を越える必要がある。可能ならば獣と遭遇せずに済ませたいところだったが――、

しかしそんなクリスの腹づもりはあっさりと頓挫することになる。

『ポギィィィィ！』

翡翠の森に、甲高い不協和音が鳴り響く。と、同時に街道の左右に垂れ下がる翡翠のツタ……その一部が不気味に蠢動《しゅんどう》しはじめたではないか。

人間さえもツタで捕まえ捕食する食虫植物《ヘルウィップ》。

ツタが蠢きだしたのは隊列の中程、先頭を行くクリスは既に通り過ぎ、ティリアが乗っている馬車が通過しようとしている場所だった。

「なに⁉　待ち伏せだと⁉」

クリスはレイピアを抜き放つと同時に隊列の中程へと駆けだしていた。馬首を返している時間さえも惜しい。そもそも石畳の街道を逆走するには馬では狭すぎる。

クリスは地を蹴ると、奇声が上がったその場所――、馬車付近へと跳躍した。

そのあいだにも翡翠色のツタは触手のように馬車へと肉迫している。その光景を前にして、クリスの脳裏には疑念が吹き荒れていた。

なぜ獲物を察知した瞬間に捕食行動を取るはずのヘルウィップが待ち伏せをして、この隊列で一番重要な護衛対象である馬車を狙う？

「く……！　しかも数が多い、だと⁉」

ヘルウィップは縄張り意識の強い植物型の獣で、普段は縄張りからはほとんど動くことなくお互いのテリトリーを侵すことはない。そうすることによって、お互いの栄養源となる獲物を食い合わないようにしているのだ。それに本来ならば、自分よりも強い相手には

襲いかからないはずの臆病な獣のはずなのに――、
　だが馬車を襲っているヘルウィップは三体はいる。

「ヘビーアーマー部隊は、ティリア様が乗っている馬車を中心として薔薇の陣を取って守れ！　サーベルを持っているものは近づく触手を叩き切るんだ！」

　指示を出しているあいだにも、クリスは鞭のようにしなる触手を斬り落としている。

　触手にも痛覚があるのだろう。ポギィィ！　触手の根元であるイソギンチャクのようになっている口の部分が実に不快な悲鳴を上げる。

　その大きさたるや、根幹部だけでも高さ三メートルはある。

　地に落ちた触手はビタビタと魚のように跳ね回り、やがて動かなくなった。

（一気に倒さなければ、守り切れない！）

　落ちた触手に目をくれることもなく、クリスはヘルウィップの根元――、イソギンチャクのようになっているその口の部分に飛び込み、レイピアを突き立てている。

　ヘルウィップの体内は血のように赤く、幾重にも重なったヒダが飲みこんだ者を深くいざなっていく。それでもクリスは怯むことなくレイピアを更に突き立て引き裂くと、

「はぁぁぁぁぁ!!」

　ずっばあああ！　イソギンチャクのような胴体は、竹を割るように中心部から真っ二つに裂けていた。

　中から現れたのは、息を乱すことなくヒュッ、ヒュッとレイピアにこびりついた紫色の

血を振り払うクリス。

　クリスがヘルウィップ一体を沈めるうちに、サーベルを持った十人ほどの歩兵がやっとのことで一体を倒したところであった。

　だがまだ気を抜くのは早い。残り、一体――。

　ヘルウィップの消化液に顔をしかめながら、クリスは腰を落とす。

　ヘビーアーマー部隊が持っている武器はトライデントであり、触手を叩き切るには相性が悪い。防戦一方になり、やがてその触手は馬車の中へと忍び込もうとしていた。


「ティリア様、どうか私の手を離さないように」

「え、ええ……」

　馬車の中にいるミントはティリアの手を握ると、小窓から外を睨み付ける。……とはいっても、みんなからはいつも無表情で怒っているように見えると言われているから、そんなに焦った様子には見えないのだろうけど。

　だけどいまはそれが有難い。ティリアに狼狽していると悟られずに済むのだから。

　最悪の場合、この馬車からティリア様だけを逃がすことを考えなければ――、ミントは、馬車を取り囲みつつあるヘルウィップの触手を睨み付けながらもメイド服のポケットに手を忍ばせて、護身用のナイフの感触を確かめる。

　松ヤニとフレアローズの花粉が塗ってあり、火をつけて松明のように振り回せば時間くらいは稼げるはずだ。

「ミント、怖がらないで。きっと大丈夫だから」

握りしめていたはずのティリアの手。その小さな手に握り返されて、ミントはハッとかすかに目を見開いてしまう。

「きっとクリスたちが道を切り開いてくれるから。だから信じるの」

「はい、ティリア様」

どうやら我が主はすべてをお見通しのようだ。できるだけ冷静に応えるも、しかし戦況はあまり芳しくはない。むしろ悪い方向へと突き進んでいる。

ミシ、ミシミシミシ……ッ。ヘルウィップの触手に絡みつかれた馬車が、不吉な悲鳴を上げはじめる。これでは扉を開けて馬車の外に逃げることさえもできない。

バキンッ！　ついに小窓に嵌《は》められているガラスが割れて、触手が馬車の中へとなだれ込んできたではないか。

「ティリア様だけはお守りしなければ……っ」

狭い車内でティリアを庇うように覆い被さってナイフを抜き放つも、しかしミントは直後には戦慄することになる。本能のままに獲物を狙うはずの触手が、ミントを押しのけるとティリアに絡みついたのだ。

「ティリア様、お手を！」

手を取って引き戻そうとするも、

「ミントっ、わたしは大丈夫だから……っ」

ミントの手は、ティリアの手によって払われてしまう。その直後には、ティリアは触手によって馬車の外へと引きずり出され、宙に吊られていた。

ギチギチギチッ、ツタ植物が軋むと、

「うっ、あうう……！　ぐう！」

ティリアの身体へと容赦なく食い込んでいく。クリスが縛り上げたときとは違う、相手をただ痛めつけるだけの触手の締め付けに、ティリアの口から空気の塊が吐き出される。

兵士たちが触手を叩き切ろうとしているが、トライデントでは間合いを見切れず、柄の部分で叩く形になってしまい斬ることができずにいる。

サーベル隊はイソギンチャクのような根幹部を狙おうとしているが、数多の触手によって、それも阻まれている。

兵士たちの足元では斬り落とされた触手が、陸に打ち上げられた魚のようにビチビチと痙攣していた。それでもすぐに新たな触手が再生してくる。

「我が国の精鋭をもってしてもこの惨状とは……！」

馬車から顔を出したミントは目を疑ってしまう。

この行動パターンは野性のものとは明らかに違う。テイマーが近くにいて、そいつの指示によってティリアを狙うようにと操られているのだ。

しかも個体値もかなり高いところまで調教されているようだ。ここまで再生能力の高い個体など、野性では聞いたことがない。

翡翠色をしていた森は、ヘルウィップが撒き散らした血液によって紫色に染め上げられていた。それでも触手は次々と生え続け、幾重にも波打って人間たちを払いのけていく。

だがそんな分厚い触手が、真一文字に斬り落とされる。

「触手は……、邪魔だぁぁ！」

エメラルドとパープルに彩られた毒々しいカーテンの中を、怒号とともに直進してくるのは……、間違いようもない。クリスだった。

この状況であっても勝利を確信した強い瞳はティリアを見つめ、そしてその先にいるヘルウィップの根幹部を捉えている。

肉食獣のように直進するクリスの身体に、いく筋もの触手が鞭のように襲いかかるも、クリスはそのすべてを見切り、切り落としては避け――、だが、異常な再生能力によって次々と触手が生え替わっては襲いかかってくる。

「姫様、いまお助けします！」

「クリスも……気をつけてっ」

こうしている瞬間にも、ティリアは絞め上げられて、四肢はチアノーゼ気味に変色している。残されている時間は少ない。

「クリス、このナイフを！」

「――ッ！」

ミントは手にしていたナイフを、クリスに向けて投擲する。寸分の違いもなくクリスの顔へと突き刺さらんばかりに投げられたナイフだが、しかしクリスは眉一つ動かすことなく左手で柄を掴んでいた。

そしてその刃が松ヤニとフレアローズを使った着火剤の独特な芳香を漂わせていることを知ると、
ギャリンッ！　レイピアの剣身でナイフの背面を擦りあげる。直後、ナイフが炎を上げ、レイピアまでも赤く燃え上がらせたではないか。

クリスは深紅の炎をまとったナイフとレイピアの二刀を手にしていた。

「ティリア様、ご無礼を！」

「わたしなら、平気……！」

クリスは二刀流の両腕を広げて下段に構え、異様に低く跳躍する。深紅の炎の軌跡が流星のように尾を引き、

「燃えろ、異形の獣よ！」

クリスは頭上で二刀流をクロスさせると、渾身の力を籠めてイソギンチャクの根幹部を十字に切り裂いていた。

ず、ずぅぅうん……、パックリと斬られたヘルウィップは、低い轟音を上げて地面に崩れ落ちると、どろりと溶ける。

ティリアを縛り上げていた触手からも力が抜けると、

「あっ」

短い悲鳴とともにティリアの身体が落ちていく。その高さ、地面から四メートル弱。このままだと骨折は免れぬ高さだが、クリスは二刀流を地面に突き立てると跳躍している。

「遅れました、姫様」

「もう、遅いんだから」

ティリアの華奢な身体は、クリスによって空中で抱きかかえられている。姫を抱えた女騎士は、難なく着地を決めた。

「怪我はありませんか？」

「ええ。あなたが守ってくれたから……」

ティリアはごく自然にお姫様抱っこで抱きかかえられていたが、その唇が、クリスの頬に近づいていくと——チュッ。

「ひ、姫様っ、みんなが見ていますよっ」

「えっ？　あ、ごめん」

周囲の視線をすっかり忘れていたのか、ティリアは真っ赤になってしまった。

オーキッド王国の精鋭が揃った護衛隊が苦戦したなかで、クリスはほぼ単騎でヘルウィップを屠ったばかりか息一つ乱していない。

「さすがはクリス様だな……」

と、兵士たちのあいだで囁き声が聞こえるが、その言葉におごることは、騎士団長として許されることではない。

「各自、三十分ほど休憩。そのあいだに怪我をしたものは衛生兵から治療を、被害が少なかったしんがりは周囲の警戒をするように！」

クリスは手早く指示を飛ばすと、馬車のかたわらに用意された椅子に座って治療を受けているティリアのもとへと歩み寄る。

「姫様、お身体の具合は……」

「うーん、ちょっと縛られて痛かったけど、もう平気。あー、でも……」

ティリアは立ち上がると、身につけているオフショルのワンピースの裾をくるりと回してみせる。幸いなことにティリアに怪我はないようだけど、純白だった洋服はヘルウィップの血液によって紫色のまだら模様になっていた。

「ちょっとお洋服が汚れちゃったみたい」

「申し訳ございませんでした。私がもっと早く駆けつけていればこんなことには」

「クリスのせいじゃないよ。それにちゃんと助けてくれたでしょう？」

異形の獣に捕食されそうになって怖かっただろうに……、それでもティリアは気丈にも気を遣ってくれる。

つくづく、私にはない心の強さを持っているものだと、クリスは改めて思う。だからこそ姫様のことを守ろうと決めたのだ。

「ティリア様、お洋服を替えたほうがよろしいでしょう。着替えをお持ちします」

「ああ、それならわたしが自分でやるから大丈夫だよ。馬車の椅子の引き出しにあるから引っ張り出してくるね。香水も欲しいし！」

ティリアが馬車に乗り込むと、中からはどんな香水にしようかしら、なんて独り言が聞こえてくる。

——さて、どうしたものか……。

クリスは馬車の脇に立ちながら周囲を一瞥する。ヘルウィップの群れとの戦闘で、精鋭とはいえかなり消耗しているが……。

クリスには一つ引っかかることがあった。それはミントも同じらしい。

「クリス、ちょっといいですか？」

「なんだ？」

「いえ、その……、先ほどのヘルウィップですが、真っ先にティリア様を狙っていました。これは野性の獣の動きとは思えません。もしや近くに敵のテイマーがいるのでは」

「やはりそうか。私も同じことを考えていたところだ。裏で手を引くものがいる……？」

「はい。用心することに越したことはないかと。…………誰です⁉」

ただでさえ冷たいミントの視線が更に冷気を帯びる。直後にミントはロングスカートを跳ね上げ太ももに仕込んであるナイフを一閃。

投げられたナイフは、木立の一つにカーンと乾いた音を立てて突き刺さった。

「!!」

がさり、かすかに何者かが驚愕し、人影が森の奥へと消えていく気配。

「待ちなさい!」

更にナイフを取り出して追いかけていこうとするミントを、しかしクリスは制する。

「なぜ止めるのですか。あいつをの捕らえて吐かせれば、黒幕が分かるというのに」

「……ミントって時々怖いこと言うよな。でも、ここで深追いはやめておいたほうがいい。道を外れると視界が悪すぎる」

「それもそうですね」

ミントはあっさりと引き下がると、ナイフをロングスカートの中へと仕舞った。

「すぐに逃げるというのは……プロの手口でしょうか。クリス、このことはティリア様にはご内密に」

「分かっている」

過度に不安がらせる必要はどこにもない。ティリアに降りかかる火の粉は、彼女が知らないうちに払ってあげればいいのだ。

ミントとの短い会話を終えると、着替えを持ったティリアが馬車から降りてきた。

「近くに湖があったよね。そこで水浴びしたいんだけどいいかしら」

「湖……。お一人ではなにかあったときに心配でしょう。姫様、お供します」

「よろしくね、クリス」

ティリアの手をとると、クリスは近くにある湖へと歩き出した。

「ここなら見通しもいいですし安全でしょう」

「うーん、絶景かなー！」

森の街道を脇に逸れて少しだけ歩くと、一気に視界が開けて青玉《サファイア》のような湖が広がる。

ティリアは大きく背伸びをしてみせる。この様子だと、さっきの戦闘でショックを受けたということはなさそうだ。

「それでは私は周辺を警戒していますので、ティリア様は沐浴を済ませて下さい」

「うん。分かった！」

ティリアは素直に頷いてくれる。いつもこんな感じに素直だったらいいのにな……なんてことを考えながら、ティリアに背を向ける。

服を脱ぐところを見たがるような趣味はない。

だから背を向けながら、手持ち無沙汰に青空を見上げていると――、

「クリス……」

背中に感じられる、ティリアの柔らかく温かな感触。ふっくらとした膨らみは、主張しているわけでもないのに意識させられてしまうほどの豊かさがあった。

「ティリア様、どうかしましたか？」

「ちょっと、クリスを近くに感じていたくて……」

ギュッと抱きついてくるティリアは、小刻みに震えていた。人目があるところではお姫様として振る舞っていても、やはり一人の少女なのだ。

怖くて仕方がなかったのだろう。

そんな弱みを晒してくれることが、クリスにとってはかけがえのないことだった。

「ティリア様。大丈夫です。たとえどんなに離れていようとも、私はティリア様を助けに参上しましょう」

背中越しのティリアへと振り向くと、やはり泣いていた。ただ、鳴き声を漏らさないのは譲れないところなのだろう。

そんな華奢な身体をギュッと抱きしめてやると、ちょうど胸のところにティリアの顔がくる。せめて、落ち着くまではこのままで……。

「あっ、だめ。クリス……そんなに抱きしめられると、安心しすぎて……っ」

恐怖の残滓に小刻みに身体を震わせていたティリアだけど、その小さな身体から力が抜けていき……、じょわり。

膝頭に感じられる、生温かくジットリとした感触。かと思ったら、ふくらはぎに広がっていったではないか。

この感触は、もしや……。

クリスは自らの足元に視線を降ろすと、自らの脚を覆っている白タイツがレモン色に染め上げられていることに気づいた。ツーンとした刺激臭が湯気となって立ち昇ってくる。

「ご、ごめん、なさい……っ。その、あの……ううっ」

ティリアの膝は、気の毒なほどにカクカクと笑っていて、純白のドレスはレモン色に染まっている。

どうやら張り詰めた気が弛緩して失禁してしまったようだ。

だがクリスは、ティリアを突き放すどころか、更に抱き寄せて身体を密着させていた。

「ティリア様。私がもっと早くに敵襲に気づいていれば、怖い目にお遭いになることもありませんでした。すべては私の鍛錬不足です。申し訳ありませんでした」

「そんな……、クリスはなにも悪くない。許せないのは弱い自分。クリスに守ってもらわなければ震えることしかできない……。だ、ダメ、クリス、そんなに抱きしめないで。離さないと、汚いよ……っ」

「いいのです、このくらい。それにティリア様に汚いところなんてどこにもないのです。それに私にできることは、こうしてティリア様の恐怖をごまかすことだけ……お役に立てるかは、その……分かりませんけど」

「ううん。クリスの気持ち、充分に伝わってる、よ……？　ありがとう……」

クリスは華奢な身体を抱きしめる。今、この瞬間だけは誰にも渡さぬ、この腕から逃すものか、と。

このような感情を、これから嫁ごうとしている少女に抱くことは、許されることではないのかもしれない。それでもクリスはどうしても自分の気持ちを抑えることができなかった。

（ティリア様を失いたくない……っ。でも、一緒にいられるのも残り僅か……。それでも、私は眠り姫となったティリア様に、一生仕えたい……っ）

このことをもしも口にすれば、ティリアは怒ることだろう。

クリスの貴重な時間を、わたしのために使うことなど絶対に許さない、と。

それならば、せめて――、

「ティリア様、沐浴のお手伝いをします」

「えっ？　だ、大丈夫だよ⁉　一人でできるしっ」

「遠慮しないで下さい。さあ、みんなを待たせるわけにもいきませんし、ドレスを脱がしてあげましょう」

「ちょっ、一人でできるからっ」

ティリアの手を引いて、湖の畔にある岩へと座らせる。ツルンとした岩肌は、いままで何人もの釣り人たちが座ってきたのだろう。いい感じに磨かれている。

ぺたんとお尻をついて座らせると、ティリアは珍しく恥ずかしがってみせる。

さすがのお姫様も恐怖のあまりに失禁してしまったショーツを見られるのは恥ずかしいのだろう。さっきまで真っ青だった顔は、羞恥心に真っ赤になっていた。

「恥ずかしがってるティリア様も可愛いですね。……イタズラしたくなってしまいます」

「な、なにを言ってるのかな⁉　あんっ、ぱんつ返してよーっ」

「駄目です。グショグショじゃないですか」

濡れそぼったショーツとドレス、それにブラも脱がせてあげると、染み一つない陶器のような素肌が、青空の下に晒される。

「うう〜、一人で綺麗にできるから、大丈夫だよぉ……。おまた、汚いし」

「ここは私が綺麗にして差し上げます。……えいやっ」

「ふぇ⁉」

このままではティリアはがっちりと脚を閉じていて、沐浴どころではない。こうなったら最後の手段。クリスも騎士の礼装を脱ぎ払うと一糸まとわぬ裸体を晒してみせる。一緒になって洗おうというのだ。

だけど実際に裸になってみると、お尻を春のそよ風が撫でていくし、産毛さえ生えていないおまたがスースーして落ち着かない気分になってしまう。

「クリスの身体、綺麗……」

「な、なにを言ってるんですか。からかわないで下さいよ」

「ううん、本音なんだから。クリスのお腹、引き締まってるし、脚も鹿みたい」

「そ、それは……鍛えていますから」

「わたしのために鍛えてくれてるんだよね。手も、わたしよりもずっと大きい……」

「いつも剣を握っていますから……」

こうして野外でティリアに裸を見られるのは初めてかもしれない。ティリアの裸は警護するために何回も見てきたけど、クリスまで裸になるわけにはいかなかったし。

だからこうして野外で二人揃って裸というのは珍しいことだった。

「おおう、二の腕もこんなに硬い……。でも、おっぱいは……しゅ、しゅごい……うう、スリムなのに大きいなんて羨ましい……」

「そんなこと言って、ティリア様のほうが大きいじゃないですか」

「大きさはそうだけど……そのぶんお腹とお尻にも乗っちゃってるし。いいなー、わたしも鍛えようかなー。そうすればムキムキになっちゃったりして」

「ええ、そうですね」

その願いが決して叶わないことだと、クリスも、ティリアも知っている。そのことを考えると、涙が溢れ出しそうになってきて——、
クリスは、ごまかすようにティリアをお姫様抱っこしていた。

「きゃっ、クリスったら急に抱っこするなんて力強すぎっ」

「褒め言葉と受け取っておきます。さあ、兵士たちを待たせるわけにはいきません。沐浴を済ませましょう」

「う、うん……。よろしくお願いします……っ」

湖のほとりから、足元に注意しながらもお尻の高さくらいの水位までやってくると、我がお姫様を降ろしてあげる。

「んっ、冷たい……。けど、気持ちいい」

「さあ、お身体を清めて差し上げます。髪は濡れないように持っていて下さいね」

「お、お願いします……」

ティリアは滝のように流れ落ちる銀髪を両手で抱えると、無防備な姿を晒してくれる。

ツルンとした腋の下、羨ましいまでに実る乳房、そして芸術的なまでに美しい曲線を描く腰のくびれ。そのすべてが愛おしい。

（ああ、わたしがお守りしている姫様は、こんなにも尊く、美しい……）

この儚い存在を守ることに、一片の迷いもなく誇りを持つことができる。だけど、こうしてティリアの熱を感じていられるのも残り僅か。

ティリアはもうすぐ、手の届かないところに行ってしまう――。

「んっ、ううっ、クリス……、くすぐったいよぉ……っ」

「え？　ああ、すみません」

ティリアがくすぐったそうに身をよじる。このときになってクリスは柔肌を刷毛のように愛撫していることに気づいた。

どうやら洗うことに夢中になりすぎていたらしい。

「んもう、クリスは意地悪なんだから」

顔を赤くして抗議してくるティリアだけど、うっすらと浮かんでいる汗は得も言われぬ香りを漂わせている。それはクリスを戸惑わせるに十分すぎる芳香だった。

「ティリア様のここ、綺麗にして差し上げます……」

女騎士は、姫に跪く。視界に広がるのは真っ白な美丘に、シュッと刻まれた一筋のクレヴァス。桜色の小陰唇がほんの少しだけ覗けていて、しっとりと湿り気を帯びているのは汗か、おしっこか、それともクリスの愛撫に感じてしまったからだろうか？

「あ、あの……クリス？　そんなにマジマジと見つめられると恥ずかしいんだけど」

「ティリア様のここ、綺麗だ……」

自分でもなにを言っているのか分からなくなってしまう。だけどティリアの少女である証の部分を見つめていると口内に唾液が溜まってきて、クリスは無意識のうちにもごもごと舌を動かしてしまう。

凝視するのは失礼だ……と、いうことは理解している。だけどクリスにはどうしても視線を外すことができなかった。

むしろティリアのクレヴァスの奥からはムワッと濃密な匂いが漂ってきて、クリスの理性をドロドロに蕩《とろ》けさせようとしてくる。

ティリアにとってはツーンとした恥臭なのだろうけど、その香りが理性を狂わせる。

ずっと昔、父に内緒でこっそりと匂いを嗅いでみたブランデーのような、芳醇で危険な香り。

（ティリア様のここ、どんな味がするんだろう……？　ティリア様のなら口をつけられる。その自信がある……。確かめて、みたい……）

クリスは吸い寄せられるようにティリアの秘筋へと唇を近づけていくと……ちゅっ。

「ひんっ」

ティリアが短い悲鳴を漏らすと、かすかに腰を後ろに引く。だけどそれ以上は逃げようとはしなかった。

「ク、クリス⁉　そんなところに口つけたら汚いから……んん、はうん！」

「言ったでしょう？　ティリア様に汚いところなどないと。んっ、れろ、れろ……、溶けそうなくらいに熱くなってきてる……！」

「ううっ、しょ、しょうがないんだもん……っ。クリスに……、はっ、はひいっ、舌、潜り込んできて……きゅうん！」

ドプ……ッ、クレヴァスへと舌を潜り込ませていくと、少女の複雑な味わいとともに、やや酸味を帯びた蜜が溢れ出してくる。

(ティリア様が、私の舌に感じてくれている……？)

自分でもなぜこんなことをしているのか驚いているというのに。気がつけばごく自然に舌を這わせていた。それなのにティリアは昂り、エッチな蜜を漏らしてくれている。

「ジュル、ジュルジュルジュル……」

「あっ、あん！　ダメッ、音立ててすすらないで……っ」

「そんなこと言って……ジュルルッ、ティリア様の奥からドンドン溢れ出してきて……ジュルルッ、ごく、ごく……っ」

「飲んでるの⁉　ひううう！　そんなぁっ、汚いっよぉ……！　ダメッ、おまたのお汁…

……あ、ああん！」

口ではダメだと言いながらも、ティリアは心のどこかで快楽を感じているのだろう。ティリアは両手でクリスの頭を抱えると、無意識のうちになのか——、ギュッと自らの股間へと押しつけている。

「むっ、むぐぅっ、ティリアさまぁ、苦しい……んっ、じゅるるっ」

「だ、だってぇ！　おっ、奥ッ、おまたがムズムズして……っ、舐められてるのにっ、こんなの絶対おかしいのにぃっ」

どうやらドMの身体に火がついてしまっているらしい。

股間を舐められるという辱めを受けているにもかかわらず、ティリアは真っ白な美丘を桃色に染め、おもらしのような蜜を漏らしてみせる。

「あっ、ひんっ！　そんな……っ、舌が、奥にぃ……っ」

キュンッ、キュン、キュウウウン！　ティリアの秘筋が痙攣するたびにソプラノボイスが跳ね上がる。

ぴっちりと閉じた秘筋がほどけると、露わになったのはティリアの身体の内側だ。

生命の炎を思わせる真っ赤な膣壁が蠢いていた。

（これがティリア様の膣内《なか》……）

赤ん坊のようなおまたなのに……、ティリアのそこは本能のままに軟体生物のようにヒクつき、酸味を帯びた生々しい少女の香りを漂わせている。

「ティリア様のここ、凄く魅力的です……んっ、れろ、れろ……っ」

クレヴァスの底を舌で浚うと、少女の味が凝縮されたなんとも言えない味が口内に広がる。だけど嫌な気はしなかった。

むしろ、ティリアが凝縮された味に脳が痺れてくる。

「くっ、くぅぅ〜！　ダメ……っ、それ以上は本当に……っ、おかしくなッちゃう……んんっ、いやあっ」

口では嫌だと言いながらも、ティリアは両手でクリスの頭を抱え、自らの股間に押しつけいてる。クンニという恥ずかしい行為を受けながらも、ティリアはマゾとして官能の炎を燃え上がらせているのかもしれなかった。

「恥ずかしいのにっ、恥ずかしいのにぃッ。あっ、ひ！　やっ、やあん！　お願いっ、入ってこないで……んっ、はんん！」

「ティリア様……、うぐっ、こんなに熱くなるなんて……！」

「だめぇ……っ、これ以上奥に入ってくると……おかしくなるっ！　舐められてるのにっ、おかしくなっちゃうんん！」

いやいやと首を振るティリア。だがその両手はクリスの頭をガッチリと押さえ込み、もっとかき混ぜて欲しいと言わんばかりだ。

「ううっ、ティリア様の奥から、熱いのが……っ、口のなかが、熱い……!?」

ティリアのマゾの炎が胎内で渦巻いているとでもいうのだろうか？　膣口が痙攣するた

びにドプリ……ッ、火傷しそうなほどに熱い蜜が溢れ出してきたではないか。

「ジュル、ジュルルル……ッ、んくっ、ごく、ごく……！」

一滴たりとも逃すものかと蜜を飲み下していく。だがすべてを受け止める覚悟を決めていながらも、クリスは戸惑わざるを得なかった。

（う、うそ……!? 胃が溶かされる！ 私の身体はこんなにも熱くなるのか!?）

口内を越えて食道を下り、胃へと到達した瞬間に、カッと火がつきそうなくらいに身体が熱くなったのだ。官能的な熱に胃が溶かされ、それどころか身体中が脳髄さえもドロドロに蕩けたかのような感覚。

それなのに子宮の感覚だけがクリアになって、キュンキュンと痙攣していることが脳にダイレクトに伝えられていく。

「舌がっ、うんんっ！ 舌が……はっ、はあぁん！ もっと、もっと……！ わたしの恥ずかしいところ……えっ、えっぐ！ えぐってぇぇぇ！」

「ティリアさまぁ……!!」

その瞬間――、クリスの眼前を埋める肌色が震え、そこに刻まれているシュッと刻まれた縦筋が狭窄し、

「あっ！ あぁん！ あん！ あん！ あぁん！」

ティリアはガクガクと腰を震わせながら、覚えたての絶頂を極めてみせた。

「くっ、くううう！ クリス……あっひぐ！ 止まらない、よっ！ ひっ！ あぁん！」

絶頂の限界を知らぬ、まだ青い身体は何度も腰を震わせながら、滾《たぎ》りに滾ったマグマを撒き散らす。

それでもクリスは口を離すことなく、すべてを受け止めていく。

(これがティリア様の味……)

飲み下しながら、蕩けきった頭で思わずにはいられない。

(ティリア様は、もうすぐ私の手から離れてしまう……。この熱を忘れなければならないなんて……)

こうしてエッチなことをしているのも、元は許嫁に失望されないためなのだ。

だからティリアとの微妙な関係も、もうすぐ……ノヴァシュタット第一王子のゲオルグのもとへと辿り着くまで、あと三週間弱。そうなればこの秘め事も忘れなければならない。

(忘れるだなんて、そんなことが私にできるのだろうか?)

ティリアのソプラノボイスを、この味を、熱を思いだすたびに、きっと濡れてしまうに違いないだろう。

(それでも、今だけは——)

クリスは引き潮のように収まっていく絶頂を惜しむかのように慈しみ、人知れず胸の奥底の記憶へと刻み込んでいった。

第五章　首輪の姫様を可愛がろう♪

「オーロラが濃くなってきたな……」

馬上のクリスは夕焼けにゆらゆらと揺らめく《旅立ちの極光》を見上げながら呟いた。

次の眠り姫がユグドラシア礼拝堂に着くまで安全に照らし出す道標として揺らめいているカーテンは、陽が西に傾くにつれて色濃くなっていく。

——オーキッド王国から出発して一週間と五日が経っていた。

ノヴァシュタット王国を目指すクリスたちは長い隊列を伸ばし、バイオリン高原を西進していた。待ち伏せにも警戒しながら、先頭を行くクリスは慎重に馬を進めていく。

バイオリン高原を駆け抜けていく春風が、この草原固有種の綿帽子がついた種子を舞い上げると哀しげな管弦楽器を思わせる音色を奏でる。このソプラノの音色が、バイオリン高原という名前がついた由来だ。

だがその音色が先を急がなければならないクリスの心を焦らし、かき乱していく。

(ティリア様の声も、こんなふうに張り詰めて高かった……。私しか、ティリア様を気持ちよくできないんだ……。私が一番上手……。ティリア様自身よりも……)

そのことを考えただけで、クリスの秘芯は熱くなり疼いてしまう。

汁が多い体質が災いしてか、クロッチの裏側がじっとりと濡れてしまって気持ち悪いことこの上ない。しかもここ最近は水場がなくて沐浴さえもできなかったし。

(早くノヴァシュタットに着かなければ……)

道を急ぎながらも、しかしクリスは迷ってしまうのだ。

ティリアを安全に送り届けることが任務とはいえ、早く着いてしまえばそれだけ一緒にいられる時間が減ってしまうことになる。それならば、このまま遅れて……、いやいっそのこと、目的地を逸れて違う場所に向かったらどうだろうか？

(だけど、それはすべてを裏切ることになる……。ティリア様を、私自身の騎士としての信念を、そして世界で平和に暮らす多くの人々までも……)

馬に揺られながら、クリスは小さく首を横に振る。そんな後ろ向きな思考を振り払い少しでも先を急ごうと手綱を捌こうとして――、

「クリス、そろそろ野営の準備をしたほうがいいのでは？」

すぐ横から呼び止められる。気がつけばミントがポニーで併走していた。

「地図によればこの先に小さな湖があるようです。そこで夜営というのは」

「だが、もう少し先を急げないか？　慎重になりすぎて遅れているし」

「そうかもしれません。しかし、兵士たちは敵襲を警戒しながらの行程で疲れています。今夜は少しでも美味しい食事をとって欲しいと思いまして」

「確かに、そうだな……」

ミントの言うとおりだった。ここのところ連日のように塩っぽい干し肉と固い黒パンが

続いていた。いくら統率がとれた騎士団とはいえ、このままでは士気に関わってくる。

「ふむ……。気ばかり急いでも仕方がない、か」

クリスが馬を進め丘の稜線を越えると、そこに広がっていたのは満々と水を湛えた湖。いまにも沈みそうな夕日を受け、無数の黄金色の三角波を立てている。

「よし、今日はここで夜営とするか。ミント、夕飯は腕によりをかけて頼むぞ」

「言われなくとも。こんなこともあろうかと遠征用に日々研究しておいたハーブの調合でほっぺたを落として差し上げましょう」

ミントはいつものように無表情で、しかし挑発的に唇の端を吊り上げて言うのだった。

☆

「確かに美味かったな……」

クリスは久しく忘れていた満腹感を抱えながら、満足げに呟いた。

夕飯はミント特製のビーフシチューだった。

特大の寸胴鍋で一気に煮込んだシチューは、いつも食べ続けているマズい干し肉を使っているとは思えないほどに柔らかく、風味豊かだった。これもミントが調合してくれたハーブのおかげなのだろう。

野営地から少し外れた湖の畔で両脚を泳がせて旅塵を落としていると、

「やっほー、だ～れだ！」

突然目隠しをされて、むにゅっ、背中に穏やかならぬ柔らかい感触が押しつけられた。

「姫様、お戯れを」

「いいじゃん。久々の温かいごはん、美味しかったねー。心も体もぽかぽかだよー」

ティリアはすぐ横に座ると、靴を脱いでクリスと同じように湖の水面へと足を泳がせる。

久しぶりのシチューにティリアも満足のようだ。

この笑顔が見れただけで、ここで夜営してよかったかな――、
そんなことを考えながらクリスは水面を見つめ足を泳がせている。

すでに陽は落ちて、あたりは闇に包まれている。とは言っても――、

「旅立ちの極光――、暗くなると綺麗、だね」

「そうですね」

夜空には七色のオーロラが揺らめいていて、野営地から少し外れたところにいるクリスたちも柔らかな光で包み込んでくれている。

「ねえ、ちょっと散歩に付き合ってくれないかな」

「いいですよ。でもあんまり遠くは駄目ですからね」

「分かってるって。それに騎士様がエスコートしてくれるから安心でしょう？」

ティリアの手を引いて、湖の畔に沿って静かなほうへと歩きはじめる。背後からは野営地で酒盛りをする兵士たちの騒がしい声が聞こえてくる。勢いよく燃え上がる焚き火は、かなり離れていても熱量を感じるほどに明るい。久しぶりの酒宴なのだ。今夜は長い夜になりそうだ。

☆

「こうやって誰もいない草原を歩いてるとさ、世界でたった二人だけになった気持ちになってくるの、なんか不思議だね」

手を繋いでいるティリアは、極彩色のカーテンを見上げながら呟く。その横顔は桃色が差せば上気しているように見えるし、藍が射せば哀しそうに見えた。

「このままさぁ、ねえ……クリス」

ティリアは夜空を見上げながら呟くのだ。

「このままさ、二人でどこかに逃げちゃおっか。世界の果てまで。それで誰もいない森の中でさ、赤い屋根のお家に住んで……、それで、それで……二人でいつまでも幸せに暮らすの」

「姫様、一体なにを言っておいでで……？」

クリスは一瞬なにを言われているのか理解できなかった。ティリアといえば、自分の身よりもオーキッド王国の民のことを優先し、眠り姫として選ばれた今となっては国ばかりかこの世界に住む人々のことを考えている……、そう思っていたのに。

それなのに、どこかに逃げたいだなんて。ほんのかすかな失望。そしてそれを上回るのは、確かな歓喜。ただ、顔には出さない。決して出すことは許されないのだ。

「ティリア、様……、それは……」

本気ですか？　聞きそうになったけど、すんでのところで言葉を飲みこむ。その問いにティリアが頷くことがあれば、私はきっとこの手を引いたまま白馬に跨がって、あの薄ぼんやりと浮かんでいる地平線の向こう側へと馬を走らせることだろう。その確信があった。

しかしそれは世界を敵に回すということだ。

眠り姫という役割を放棄させて、たった一人で独占しようとしているのだから。

それは決して許されることではない。

……いや、ただ覚悟ができていない……それだけなのかもしれなかった。

（私はティリア様のために、世界を敵に回す覚悟ができていない……？）

ティリアの言葉に、クリスは応えることができなかった。たった二人で世界の果てまで逃げたい――、その願いに。

――一体、私はなんのために姫様を守っているのだろうか？

ふとそんな疑問が脳裏をよぎる。どんなにティリアのことを大切に想っていたとしても、世界を敵に回してでもティリアを略奪する覚悟がないのでは、ただ漫然と騎士として『姫』を守ってきただけ。そう言われても仕方がないのだろう。

たとえ、ティリア自身に言われてしまったとしても。夜空を見上げているティリアの横顔――その紫紺の瞳に、かすかに涙が湛えられたように見えたのは気のせいだろうか？

「なんてね♪　冗談だよ。もしかしてクリス、本気にしちゃったのかな？」

「……そう、かもしれませんね」

どのようにでも受け取れる返事をすることが、クリスにできる精一杯のことだった。

その想いも、紫紺の瞳には見透かされているような気持ちになってきてしまって目を逸らそうとするけど。

「クリスにはさ、わたしが逃げないように捕まえていて欲しいの。本当は怖い……眠り姫になって、クリスと離れることが……、正直に言うとね、本当に怖いの」

「ティリア様……」

そんなことを言われても、私はなにをすればいいのか？　クリスは自問自答してしまう。

それは覚悟を決めることができない自分と向き合うことでもあった。

クリスが黙り込んでしまうと、ティリアはいつものようにイタズラっぽい笑みを浮かべて言うのだった。

「わたしが逃げないようにさ、クリスにちゃんと繋ぎ止めてて欲しいな」

繋ぎ止める？　私にできることは、この華奢な身体を抱きしめることくらいだが――、だけどそれは許されることだろうか？

そんなことを考えて、だがクリスは次の瞬間に目を疑ってしまうことになる。

「これでわたしのことを繋ぎ止めて♪」

「…………ふぁ⁉」

ティリアが後ろ手に隠していた『もの』を差し出してきて、クリスは素《す》っ頓狂《とんきょう》な声を上げてしまう。なにしろ照れ笑いしたティリアの手に握られていたものは。

首輪……。しかもチョーカーとかではなくて、なめした革にリードがついた、犬の首輪だ。

「あ、あの……なにを仰っているのか皆目見当もつかないのですが」

頬を引き攣らせながら絞り出すけど、

「お犬さんたちから借りてきたの。これで繋ぎ止めてくれたらさ、逃げられないでしょう?」

「い、犬用……っ」

やはり一見して犬のものだと思ったのは間違いではなかったらしい。この遠征では夜営時の敵襲に備えて訓練された犬を連れてきている。その首輪のスペアもあることにはあるだろうが……。まさかこんな形で使って欲しいと頼まれることになるとは。

「いや……、あの、その……ティリア様? いくらなんでも首輪というのは如何《いかが》なものかと思いますよ。しかも犬のものだなんて」

「グッドアイディアでしょ。はい、首輪♪」

「お、おう……」

まさかの展開にクリスは戸惑いながらも首輪を受け取る。だがこれをどうしろと。

よくなめされた革でできた首輪は肌触りは悪くはないが、さすがにこれを姫様に嵌めるというのはマズすぎる。それに野営地からは少し離れているとはいえ、だだっ広い草原地帯なのだ。誰かに見られたら、それこそ二人の関係を疑われてしまうことだろう。ただでさえ翡翠の森では、みんなの前でティリアからキスをされているのだ。

しかしその不安さえも、ティリアの紫紺の瞳はお見通しのようだ。

「他の人に見られたときのことを考えたら不安なのかな？」

「え、ええ……まぁ、そうですけど」

「それなら平気だよ。みんなお酒入っちゃってるしさ。きっと熟睡しちゃうって」

「……どこかで聞いたことがあるセリフですが。しかもそのときはミントに見つかりそうになって酷い目に遭いました」

「うぐっ。あ、あのときは運が悪かっただけだし。それにこの広い草原なら、きっとだれにも見つからないよ。声を出してもバイオリンの音がかき消してくれるし」

「確かにそうですが……」

　周囲を見回してみると、草原地帯とはいっても緩やかに波打っているので、いまクリスたちが立っている場所からは野営地は棚引く綿毛に隠れて見えない。

「……首輪、はめるだけですからね」

　クリスが渋々承知したのは、ティリアの瞳のどこかに哀しい光が瞬いていたからなのかもしれない。首輪の留め金を外して、流れるような銀髪を挟まないように気をつけながらも細い首に首輪をはめていく。

「……はまりましたよ」

「んっ、ありがとう」

　首輪を嵌められた姫君は、まるで誕生日にネックレスをプレゼントされたときのように頬を紅潮させていた。

「えへへ……、クリスに首輪、嵌めてもらっちゃったよ」

「も、もう満足されたでしょう？」

「えー、せっかく嵌めてもらったんだからさ、本番はこれからだよ。クリスは、しっかりリードを握っていてね」

「は、はぁ……」

なにをするのかと呆気にとられていると、ティリアは跪いてみせたではないか。艶やかな銀髪が七色のオーロラに照らされて、天使の輪っかが浮き上がってみえる。

「ティリア様⁉　なんてことをっ」

「いいの。わたしがこうしたいんだからさ。それに……、クリスの味を知ってから夢の中に旅立ちたいの。永遠の午睡で、ただあなたのことだけを夢見ていたい」

「な、なにを……？　私の、味？　ひっ、ひぃ！」

クリスは騎士にあるまじき短い悲鳴を漏らしてしまう。それも無理もないことだと思う。仕えるべき姫が、スカートの中へと顔を潜り込ませてきたのだ。

「ひ、姫様⁉　いけません、一体なにをっ」

「なにって、この前のお礼」

きっとこの前の翡翠の森でのクンニを言っているのだろう。だけどあれはもう一週間以上も前のことだ。いまさらお礼だなんて言われても恥ずかしいし、それにいまここでクンニを始めるというのは……！

「あ、あのティリア様？　お気持ちは嬉しいですけど、やはりいいですって。……そ、その、最近お風呂に入れなかったから……、せめてそこの湖で沐浴をしてから……っ」

「そんなこと言って、クリスの身体はもう待ちきれなそうにしてるんだけどなぁ」

「な、なんですって？」

「だって、クリスのお尻にさ、染み……、できちゃってたんだけど。お昼のときとか、馬から降りたときに、チラッと見えちゃった」

「えっ⁉　ちょっ、これは……っ」

　慌てて両手でお尻を隠す。今日はずっとティリアのことを考えていてショーツのご機嫌が悪かったけど、まさか外にまで染み出していただなんて。だけどティリアは言うのだった。

「なーんちゃって。うそ、だよ？　でもいまの反応は……、クリスも思いだしてくれてたのかな。わたしとの秘密のこと」

「……ティリア様の意地悪」

「怒らないでよ〜。ほら、わたしもクリスがしてくれたみたいに、してあげるからさ」

「いいですって！　ああ、ダメッ、そんなところ汚いっ」

「んふふ、クリスの匂い、タイツの上からでも感じちゃう……、太ももも、しっとり濡れてて……固いけど、しっかり女の子みたいに柔らかいんだね」

「んっ、ひっ、そこ……、駄目です、触らないで、下さい……っ、あう！　舐めてる⁉」

　太ももを這っている柔らかく卑猥な感触は、間違いなく姫君の舌。太ももを遡上するように舐め回していくと、やがて脚の付け根へと到達する。

「ティリア様、これ以上はご堪忍を……っ」

「そんなこと言っても……、クリスのおまた、とってもいい匂いするよ？　ねえ、舐めていいかな……？　わたしに、クリスの大切な部分を舐めることを許して欲しいの」

クンニなどやめて欲しいと思っていたのに、こうして許可を求められると断りづらくなってしまうのはなぜだろうか？　クリスは為す術なく小さく頷く。

「す、少しだけですからね」

「ありがとうございます、ご主人様♪」

「ご、ごしゅ……………ひっ、ひいん！」

股間に感じる感触にクリスは引き攣った喘ぎ声を漏らしてしまう。

「くすぐったいっ、ああん！　ホントに、だ、だめっ、立てない……っ」

「私はクリスのペットなんだからぁ、おまたをペロペロ舐め舐めして綺麗にしてあげましゅからね～。んんっ、はふぅ……クリスの、いい匂いするぅ……」

股間をクンニしてくるティリアは、うっとりとまなじりを下げて跪いている。いや、跪くというよりも……地面に両手をつき、それは犬がお座りをしているみたいだった。

「や、やめて下さい……。そんなところの匂い、恥ずかしい、です……っ」

「クリスにも恥ずかしいことってあるんだ。いつも頼りになる騎士様なのに、なんか新鮮かも。……あ、おぱんつ、濡れてきてる……」

「～～～！」

実はティリアに跪かれているところを見ていただけでショーツがじゅわりときてしまっていた。それだけクリスにとっては非日常的な光景だったのだ。

思わず後ずさろうとしたけど、ティリアにギュッとお尻に抱きつかれているので逃げることさえもできない。

「クリスのおまた、愛液のツンとした匂いがする……」

ぞりぞりぞりっ、タイツとショーツ越しに恥丘を舐め上げられて、背筋に甘美な電流が駆け抜けていく。タイツに覆われている太ももが、甘美な電流に痙攣した。

「堪忍……っ、堪忍して下さい……っ」

「まだおぱんつも脱いでないのにこんなに感じるなんて、クリスったら一人でするのも上手みたいだし、むっつりなんだから。ご主人様のエッチ」

「それは、ティリア様だから……っ」

「えっ？　わたしだから……？」

聞き返されてしまって、言葉に詰まってしまう。これでは告白したも同然ではないか。

だからなんとかごまかそうと、

「ティリア様の舌が柔らかいから……ですっ。こんなに濡れてしまっているのはっ」

「ふーん、わたしの舌が柔らかいから、か……」

ティリアはなんだか不満そうな表情を浮かべたけど、

「こんなにおまたが濡れてるんだから、おぱんつ脱がないと、だね。気持ち悪いでしょう？」

「ひっ⁉　いえ、いいですっ。平気ですからっ」

「わたしが見たいの。……えいっ」

「あううっ」

ショーツとタイツを一気に脱がされて、女騎士団長は情けない声を上げてしまう。春の夜風が、蒸れたおまたにひんやりと冷たく感じられる。

「あはっ、クリスのおまた、ゆで玉子みたいにツルンとしてて可愛い」

「……そんな、全然可愛くなんか……」

ティリアの吐息が無毛の秘筋に吹きかけられるたびに、股間に甘美な微弱電流が走る。そのたびに引き締まった太ももが切なげに痙攣していた。

「凄い。クリスのおまた、もうこんなにヌルヌルになってる。わたしだからこんなに濡れてるって、本当？」

「い、いや……、それはティリア様の舌が柔らかいから……っ」

「それじゃあそういうことにしておいてあげる。……でも、わたしでエッチな気持ちになってくれるなんて、ちょっと嬉しいかも」

「えっ？」

その一言がクリスを戸惑わせる。もっと騎士としてしっかりしていないといけないのに、エッチに乱れてしまうだなんて。

「クリスにエッチなこと教えてもらったときはビックリしたけど、クリスを気持ちよくさせてあげるのって、なんだかそれ以上に嬉しいかも……」

「ティリア様……あっ、ううんっ、あうう！」

恥ずかしさをごまかすかのようにティリアのクンニが始まる。柔らかく熱い舌が秘筋に食い込んできた。

（ああっ、ティリア様の舌がっ、わたしに食い込んできて……っ）

「うっ、うう！　ぐうっ、うっ、ううう！」

喘ぎ声を漏らしそうになるけど、歯を食いしばって堪える。もしも姫と繋がっているところを誰かに見られたら大変なことになるし、それに人前で喘ぎ声を漏らすのはなんだかとても恥ずかしいことのように思える。

「んっ、れろぉ……。クリスのおまた、凄く濃くて……あたまが痺れてきちゃう……ンチュっ、はっ、はふぅっ」

「そんなところ舐めたら汚い……っ、お腹壊しますって……ひうう！」

「クリスの味なら全然気にならないよ……？　んっ、れろ、れろ……」

「あっ駄目、そんな深いところまでっ」

舌先でクレヴァスを抉《えぐ》られて、小陰唇をほぐされる。やがて肉芽が目を覚ましたのか、ジンジンとした電流に下半身が痺れていく。

「ティリア様、いけませんっ」

とっさにリードを引っ張ってクンニを中断させようとするけど、それでもティリアはより深いところにまで舌を潜り込ませていこうとする。

「ぐえっ、クリスっ、首輪引っ張ったら苦しいっ」

「姫様がやめてくれれば引っ張りませんっ」

「やだもーん！」

首輪を引っ張られてマゾの血が騒いでいるのか、ティリアの舌先は更に熱を帯びてきているようだった。蕩けそうな熱が、クリスの淫洞へと潜り込んでくる。

「くちゅ、くゅちゅ……、んっ、んんん～、ふう……っ、はふぅ……。クリスの奥から、あっついの溢れ出してきてる……。もっと、もっと……んくっ、んくっ、じゅるる……」

「あっやああ！　すすらないでっ、あっ、ふっ、ふうう！」

喘ぎ声を噛み殺そうとしても、綻んだ小陰唇に舌が食い込んできて、下腹部の快楽が一気に膨張する。ガクガクと腰が震え、太ももが歪に痙攣すると――、

「うっ！　うっ！　ううう‼」

クリスは低く短い呻き声を漏らしながら絶頂を極めていた。

「んっ、んうう！　と、止まらない……！　てぃ、ティリア様……っ、離れて……っ」

「じゅるっ、んっ、ふぅんっ！　ん、じゅるるっ」

熱く迸《ほとばし》る絶頂汁を撒き散らしながら、抑えようのない痙攣に身を任せ、それでもティリアは貪るようにして股間に吸い付いてくる。やがてすべての淫汁を啜りきられると、クリ

スは腰が抜けたかのようにその場にへたり込んでしまった。

「はぁ、はぁ、はぁ……」

クリスはそのまま草原で仰向けになる。気怠げな身体に、かすかに夜露を浴びた草原の感触がひんやりと染みこんでくる。

「ティリア様の前で達してしまうだなんて……」

「んふっ、どうでしたか？　ご主人様♪」

「……とってもよかったです」

「それはなにより。この前クリスに舐めてもらったときとっても嬉しかったから、上手にできてよかったぁ……」

ティリアも頬を赤らめて何度か達していたのだろう。気怠げな身体を横たえると、柔らかな身体を密着させてきた。

(姫様の身体、こんなに熱くなってる)

このティリアの熱は、はたして私の燃え上がる性《せい》によるものなのだろうか？　それともティリアも実は自分のことを――。そこまで考えて、クリスは思考を打ち切る。これ以上考えることは、騎士として決して許されることではない。だけどティリアの紫紺の瞳はその想いさえも見通しているとでもいうのだろうか。耳元で囁いてくるのだ。

「クリスには……、好きな人っているの？」

「なっ、なにを急に。前にも言いましたけど、私には好きな人はいないのです。そもそも男が寄ってこないし……。いまは剣一筋ですからね」

　本当はティリアのことが好きだ。快楽に蕩けた勢いのまま言いそうなったけど、グッと言葉を飲みこむ。

　ここでティリアのことを好きだと告白することは、勢いに任せてしまえば簡単なことなのかもしれない。だけど、それはティリアのことを哀しませてしまうことにならないだろうか？　すでにゲオルグという許嫁がいるというのに……。

　それにティリアが自慰をしていたときの告白……ティリアの独白に近かったが……、あれは騎士としてのクリスが好きだという意味で、それ以上の意味は持たないのかもしれない。むしろ、その可能性のほうが高いだろう。

　身分も違うし、それに女同士なのだ……。

　クリスは腕枕をしている好きな少女の熱を感じながら一人で納得し、なぜか自分に失望してしまう。だけどティリアは深い紫の瞳で見つめてくると言葉を紡ぐのだった。

「そう、なんだ……。やっぱり好きな人、いないんだ……。それじゃあさ、忘れられない人っているのかな。今でも忘れられない、大切な人」

　それなら、ということでクリスは自信満々に言う。

「大切な人ならいますよ。それは……」

「それは誰なのかな？　クリスの大切な人って」

「それはもう。私にはどれだけ愛しても足りないほど守りたい存在……ティリア様がいます」

「んもう、はぐらかさないでよ。そういう好きとかじゃなくてさ。ずっと一緒にいてもいい！　この人なら一生そばにいてもいいぜ！　っていう人！」

「そう言われると……、うーん、いない、としか言いようがありませんね」

本当はティリアが好きだと言いたかったけど、それはかえってティリアを哀しませることになってしまう。クリスの「いない」という言葉に、ほんのかすかだけど、ティリアの表情が沈んだように見えたのは、きっと気のせいだったのだろう。

「そう、なんだ……。やっぱりクリスには好きな人はいないいん、だね……？」

耳元で囁くティリアは、ほんの少しだけ躊躇うと途切れそうな言葉を紡いでいく。

「わたしには……、いるよ？」

「えっ⁉」

その言葉にクリスは耳を疑ってしまう。胸のなかに膨らんだのは、もしかしたら自分のことが好きなのかなという期待半分と、やはりこれから会いに行く男が好きなんだな、という失望が半分。その想いを知らずに、ティリアは虹色に揺らめくオーロラを見つめ、呟く。草原に鳴り響くバイオリンのような風を切る音に消え入りそうなほどに小さな声で。

「でもね、この想いは絶対に伝えたら駄目なんだ。決して許されるものではないから」

その横顔に、クリスは声をかけることができなかった。

紫紺の瞳にはこぼれそうな涙が湛えられ、音もなく流れ落ちていたから。その涙をクリスには拭い去ることはできない。

一国の姫として、そして眠り姫として。
この小さく華奢な身体には、あまりにも残酷な運命が待ち受けている——。

第六章　謀略

ノヴァシュタット王国は、伝統的な貴族社会を重んじる国である。

長大な尖塔を頂く王城を中心として古い時代から王に仕える貴族たちの屋敷が門を構え、その外側を平民や商人たちの家で構成された城下町が囲う。

近年は平民も政治に参加する機会が与えられ、貴族を中心とした貴族院と、平民を中心として構成された労働院によって政策の舵取りが行われている。

この国の君主たるノヴァシュタット三十五世は両院の長に君臨し、そこから上げられてきた政策を吟味し採用するかどうかを判断するが、それが結果として貴族社会に重きを置いた政治から脱却しきれていない状況を招いていた。

(相変わらず高くとまった国だな……)

強大な……としか形容しようのない威圧感のある石造りの外壁。そこにただ一箇所だけあるアーチ型の分厚い木造の扉をくぐると、そこは見る者を圧倒する景観が広がっている。

遙か遠景……丘の上に建つのは青空を貫くかのように屹立するノヴァシュタット王城。

白亜の城塞はそこにあるだけでも見る者を圧倒する。

その城へと真っ直ぐに伸びる石畳の大通りで、白馬に乗ったクリスは隊列を先導する。

『あれがオーキッド王国から来た……』『眠り姫ね?』『ここから見えるかしら』

大通りの両脇にはクリスたちの到着を聞きつけた野次馬たちが、眠り姫を一目見ようと集まってきていた。

『あの白馬に乗った騎士様、格好良くない？』『うん、とっても強そう』

嫌でも聞こえてくる声に、クリスは頬が熱くなってしまうのを必死になって堪える。だけど格好いいとはどういう了見だろうか。せめて美しいとか、流麗だとか……。

「……⁉」

うなじに刺すような視線。クリスは細剣《レイピア》に手をかけて七時の方向へと視線を走らせる。

そこにいたのは分厚い毛皮のコートをまとった派手めの女。その双眸は獣のような金色の光を宿し、コート越しだというのに豊満だと分かるほどに胸元を乳房が押し上げている。派手な緋色の髪の毛は、炎の揺らめきのように微風になびき、それ自体が熱を宿しているようにも見えた。腰には、鞭とナイフ。

（テイマーか？　なぜこのような場所に？）

獣を操ることに長けているテイマーは、その練度が上がれば上がるほどに人との交流を避ける傾向にある。このような場所に来るだけで、人間の匂いがついてしまうからだ。

クリスの刺すような視線を感じたのか、テイマーの女は雑踏の中へと消えていく。

（テイマー……、翡翠の森での嫌な予感が的中しなければいいが……）

テイマーから視線を外すと、クリスは王城を目指して再び白馬を走らせはじめた。

時は正午過ぎ。

ノヴァシュタット王城の国賓のために用意された『白鷺の間』において、豪勢な立食パーティーでの歓待を受けていたのは、護衛隊という重責から解放された騎士団の面々であった。

「あまり羽目を外しすぎるなよー」

と、クリスは言いながらも、片手に持っている皿には溢れんばかりのパスタや肉が載せられていた。この三週間弱、神経を張り詰めさせてティリアを守ってきたのだ。少しくらいならば緊張の糸を緩めても許されるはずだ。

(それにしても豪勢なパーティーだな)

騎士の礼装に身を包みながら涼しい顔で爆食しているクリスだけど、会場となっている『白鷺の間』の豪華絢爛さに目を見張らずにはいられなかった。

天井からは雪の結晶を思わせるきらびやかなシャンデリアがいくつも吊られ、広大な会場を目が眩みそうなほどに真っ白に照らし出している。

白鷺の間、という名に違わず四方の壁は染み一つない白に塗られ、それに対し床にはペチカに燃え上がる炎を思わせる毛足の長い絨毯が敷き詰められていた。

(こんなに貴族を集めなくとも済む話だというのに)

どこ向いても華美に着飾った貴族たちが目に入り、やや食傷気味になる。

(これほどの人と料理を揃えるために、どれだけの税が使われているのだろう?)

クリスは牛ヒレ肉のステーキを重点的に攻めながらも考えてしまう。このパーティーは、ティリアを王妃として歓迎するというよりも、ノヴァシュタットの国威をオーキッド側の使者であるクリスたちや貴族たちに掲揚《けいよう》することが目的なのではないか、と。

クリスがそんなことを考えながらぱくぱくとローストビーフを食べていると、ざわついていた広間が水を打ったような静寂に包まれた。

白鷺の間の一角にある大きな扉が開くと、人垣がサッと左右に割れる。

そこから伏せ目がちに姿を現したのは、礼装用の裾の長い純白のドレスに身を包んだティリアだった。ただでさえ美しい顔貌にうっすらと化粧をし、瑞々しい唇にルージュを引いている。ドレスには、さりげなく薄桃色の胡蝶蘭の意匠が取り入れられていた。

オーキッドの国花である胡蝶蘭……、そのピンク色の花言葉は、あなたを愛します。

「ティリア様、こちらへ」

ティリアの手を引く小柄な少女は、フォーマルなメイド服に身を包んだミントだ。

この旅に《見極め人》として参加しているミントの役割は重要だ。

ティリアを北の礼拝堂へと送り届けるだけではなく、そこから結婚式の進行役や、年を取ることがなくなった眠り姫とその騎士の世話を一生をかけてすることになる。

そのあいだ世話役であるミントは眠り姫と寿命と若さを共有し、眠り姫とその騎士がその役割に殉じるその日まで、そばに付き従うのだ。

（お美しい……、ティリア様も、ミントも）

クリスでさえも見とれるほどの美貌なのだ。

広間にいる貴族たちの視線のすべてがティリアへと吸い寄せられている。

手を引かれたティリアは、しずしずと進み……、その先にいたのは年の頃三十を越えたほどであろう、一人の貴族の青年であった。

ティリアはその青年の前へと進み出ると、スカートの裾をつまんでカーテシーによる一礼をする。

（あれがノヴァシュタット王国、第一王子ゲオルグ……）

クリスはゲオルグという青年を見つめながら、なぜか言葉には表しようのない胸騒ぎのようなものを感じていた。

それはいままで守り切ってきた好きな女性……、ティリアを取られそうだからとか、そういうことではない、もっと原始的な警告。なぜか心がざわついてくる。

だがそんなことを考えているのはクリスだけらしい。

ゲオルグの第一印象を一言で表すならば、大方は『壮健な野心家』というようなものだろう。年の頃はティリアの二倍ほど。

豊かでやや波打った金髪をオールバックにし、一房を三日月型に垂らしている。青を基調とした騎士の礼装の肩の部分にはヒラヒラとした金の肩章が乗せられていて、右肩から左の腰にかけてはこれも金色の幅広のサッシュが巻かれていた。左胸にも数え切れないほどの勲章が並べられている。オーキッドでも右に出る者がいないほどに武術大会で名を轟かせてきたクリスでさえもここまでの勲章は持っていない。

（腰にさげているのは随分豪奢な細工が施されているが……片手用の騎士剣か。腕はかなりのものと聞くが、いつかは手合わせしてみたいものだな）

勲章をいくらたくさん持っていても、国や流派が違えば尺度も変わってくるから真に強いのはどちらか……、などということは、間違っても口にはできないが。

（ゲオルグ殿、か。ここは私情を抑えて身のこなしを拝見させてもらうことにしようか）

クリスがこのようなことを考えているとも知らずに、ティリアを前にしたゲオルグは白い歯を見せて微笑んでみせるのだった。

「これはこれはティリア様。以前お会いしたときは五年前でしたでしょうか。あまりにもお美しくなられて……、刮目していたところです」

「お褒めにあずかり光栄です。此度《こたび》は眠り姫としてこの身を世界の人々に捧げるためにオーキッドからやって参りました。貴方様と永遠の午睡につけることを光栄に思います」

「ほほぅ……」

ゲオルグは呟きながらも、ティリアを頭からつま先まで、ネットリとした視線を這わせていく。それはまるで値踏みするかのように。

もしもクリスがあのような下卑た視線で見つめられでもしたら、眉間に深いしわが刻まれていたことだろう。

しかしティリアはうっすらと笑みを浮かべ、その視線を平然と受けている。

そのうえでゲオルグは言うのだった。

「眠り姫としての宿命……、貴女の覚悟、しかと受け止めました。しかし……」

「し、しかし……なんでしょう？」

「実のところ貴女にとって、眠り姫の騎士など、誰であってもいいのではないですかな？　重要なのは私自身ではなく、私の眠り姫の騎士という肩書き――」

「い、いいえ……、決してそのような意図は」

ティリアは視線を泳がせながらも言葉を探すが、しかし一秒が過ぎるごとに不穏な空気がより深く醸成されていく。

「し、失礼しました。わたしの言葉で不快な思いをさせてしまったのならば心より謝ります。申し訳ございませんでした」

深々と頭を下げるティリアだが……、クリスに言わせてみれば、失礼なのはゲオルグのほうである。ほぼ初対面の相手に、あのような言葉を投げつけるというのは無礼千万。

ビシリッ、手元で音が鳴ったと思ったら、持っている皿に一筋の亀裂が走り、真っ二つに割れていた。ちなみにフォークは拳に握られてグニャリと曲がっている。クリスは、息を整えながらテーブルの隅に食器を置く。

だがそんなクリスの様子に気づくこともなく、ゲオルグは続けるのだった。

「いいえ、私こそご無礼をお許し下さい。想像していた以上に美しくなられていたので、貴女の内面を確かめてみたいと思ってしまった浅はかな男だと一笑していただけたら。……せめてもの罪滅ぼしに、一曲お相手をしていただけたら光栄なのですが」

あくまでも、ノヴァシュタットという発展した国と比べたら弱小国家であるオーキッドの姫としては美しくなった……、謝罪しながらもゲオルグの言葉には、言外にそのような意図も滲み出していた。しかしティリアがそのことに気づいていたとしても、これ以上の不和を望むはずがなかった。

「……喜んでお供させていただきます」

ゲオルグとティリアを中心として人の輪が広がる。この状況に遠慮していた宮廷楽団も優雅なワルツを奏で始めた。

（この状況ではティリア様が断れるはずもない……）

クリスは一歩前に出るも、理性の最後の一欠片で拳から力を抜く。だがこれ以上無礼があれば無理やりにでも引き離すつもりでいた。

「さすが花の都と言われているオーキッド王国の第一王女。蝶のように優美なステップだ」

「そんな……、ゲオルグ様こそ身体の芯がしっかりしていらっしゃって、逞しくてとても素敵だと思います」

遠巻きに二人を見ているクリスのもとには二人の声は聞こえてこなかったが、クリスは刺すような視線で唇を読む。二人はいくつかのステップを踏み……、そのときだった。ティリアがなにか助けを求めるかのような視線を向けてきたのだ。

（一体なんです？　ティリア様）

嫌な予感を覚えながらも、同じステップを踏むゲオルグの唇を注視し、その直後クリスは胸の奥底からドロドロとしたものが込み上げてくるのを感じた。

ありのままに言ってしまえば、ゲオルグはこのあと……今夜のことでティリアを誘っているらしかった。だが五年も前に会ったことがあるとはいえほぼ初対面。

しかも眠り姫とその騎士は、初夜でのみ純血を捧ぐことを信条としている。

（それなのに、今夜いかがですか、だと……？）

私情を抑えるつもりだったが前言撤回。

いますぐにでもコテンパンに叩き潰して泣かしてやりたい。さすがに自重するが。

クリスの眉間に深い影が落ちる。こんな軽薄な男にティリアは渡せない。

ちょうど音楽団の奏でる曲調が情熱的なものへとテンポアップしている。戸惑いながらもなんとかついていっているティリアだが、強引なゲオルグの言葉に集中することができないらしい。いまにもつまずきそうになり、高いヒールでゲオルグの足を踏みそうになっていた。

もう我慢ならない。クリスは隙を見て二人のあいだへと身体を滑り込ませる。

「……ゲオルグ殿。これ以上はティリア様のヒールで足を踏み抜いて粉砕しかねません。ここは私が引き受けますので、貴公はしばらく休んでいてください」

「なっ、なんだ貴公は⁉」

いきなりあいだに入ってこられたゲオルグは、当然いい顔はしない。周りにいる貴族たちもなにごとかと眉をひそめるも、

「ティリア様、ここにいる全員にティリア様の流麗なダンスを見せつけてやりましょう」

クリスの言葉に、戸惑いきっていたティリアの表情はきゅっと勇ましいものへと変わっていく。困惑は消え、いつもの余裕たっぷりの笑みが戻ってきた。

「あら、それならクリスがしっかりリードしてくれないと」

「任せてください」「……うん！」

長い年月を連れ添った女騎士が手を差し出すと、姫君は優雅にその手を取る。

二人のステップは、その場の不穏な空気を払拭するほどに息が合っていた。

騎士が情熱的なステップを踏めば、姫は優雅な足さばきで付き従い、騎士がやや強引なリードで周囲の貴族たちを巻き込めば、姫はくるりとスカートの裾を回し、クリスが腰に手を回して身体を密着させれば、ティリアはその片手に身を任せきって三日月のように背筋をアーチさせる。

流麗であり情熱的なダンスを踊り終えるころには広間にいる貴族たちのすべての視線を受け、クリスとティリアは最後の仕上げにと言わんばかりに手を振ってみせる。

二人の頬は、初めて愛の告白を済ませてきたかのように紅潮していた。

音楽が終わった広間はしばし静寂に包まれていたが、

『まあ、なんてお美しい……』『息の合ったお二人だこと』『素晴らしい！』

直後には割れんばかりの拍手で埋め尽くされていた。

だがこの状況にゲオルグがいい顔をするはずがない。

（しまった、やり過ぎたか）

せめて体裁だけでも軽く謝っておけばそれでいいだろう。クリスは視線を走らせてゲオルグを見つけるが……、その唇の動きを見て、目を疑ってしまった。

『最後に抱いておいてやろうと思っていたのに……勿体《もったい》ないが、まあいい。代わりは他にいくらでもいる』

☆

「どういうことだ!?」

立食パーティーでの歓待を受け、ノヴァシュタットの城下町で一番古い歴史を持つ宿屋に帰ってきたクリスは、部屋のドアを閉めるなり顔を真っ赤にして憤慨していた。

ゲオルグが言い放ったあの言葉――、

『最後に抱いておいてやろうと思ったのに、勿体ない』

その言葉に深い意味を求めること自体が間違っているのかもしれない。なにしろゲオルグも眠り姫の騎士として選ばれた身なのだ。ティリアと一夜をともにすることを『最後』と表現することも不思議なことではないだろう。

だがあのゲオルグという男――、世界のために命を投げ出すような奴に見えるだろうか……？

「いや……、見えない、な……」

クリスの第一印象では答えは『ノー』だ。権力が服を着て歩き回っているような奴が、そうそう素直に眠り姫の騎士として選ばれたことを善きとは思わないはずだ。

人柱――。それは、眠り姫のことをあまりよく思っていない者が使う言葉だ。

ティリアのような少女と、その相手の騎士の命を差し出すことによって、眠り姫が寿命を迎えるまで三、四十年間の平和な時間を甘受するのだ。

これのどこが人柱ではないのだろうか？

あのような軽薄な男にティリアを任せていいものかという考えが渦巻いている。

そんなときだった。コンコン――、クリスが宿泊している部屋のドアがノックされたのは。ハッとなって息を潜めているとドアの向こうから、鈴を鳴らすような声が聞こえてきた。聞き間違いようがない。ティリアの声だ。

「クリス、ちょっといいかしら」

「……どうぞ」

鍵を外すと、ティリアは人目を気にしつつ部屋に入ってくる。

「はー、肩こっちゃった。あんなに豪勢なパーティーでお持てなししてくれるのは嬉しいけど、なんかみんな肩肘張ってばかりで疲れちゃうわよ」

「ごもっともです」

いつものオフショルのドレスに着替えたティリアは、すっかりいつものおくつろぎモードに入っていた。さすがのティリアも辟易としたため息をついてみせる。

「あのときさ、パーティーが終わったら別室を用意してあるって言われちゃって……、それでクリスに助けを求めちゃった。ごめんね、一人でどうにかしなくちゃいけないのに」

「なにを言っているのですか。私はティリア様の騎士なのです。いつ、どのようなときでもティリア様をお守りすることこそが至高の喜び」

「うん…………。ありがとう」

それでもティリアはまだモヤモヤが残っているらしい。ハッキリしない表情のまま、ベッドの縁に腰掛ける。窓辺から射してきている夕日が、ティリアの顔に深い影を落としていた。自然、沈黙がゆっくりと落ちてくる。

だがクリスは、どうしても聞いておかなければならないことがあった。

「ティリア様……、本当にあの男とご成婚なさり永遠の午睡につくおつもりですか？」

その問いに、ティリアはなにも答えない。もしや結婚を思い直してくれたのか……⁉

そんな浅はかなことを考えてしまうが、

「………」

ティリアはゆっくりと頷くのだった。その答えは……、ここで詰問するべきことではない。クリスが考えている以上に、ティリアは葛藤しているはずだからだ。

(私は、なんと愚かなことを聞いてしまったんだ)

耳鳴りがしそうなほどに密度の高い沈黙に、クリスが耐えきれずにいると……、口を開いたのはティリアだった。

「だからさ、最後にクリスにお願いがあるの」

「なんですか？　私にできることでしたら、なんでもしましょう」

「んん？　今なんでもするって言ったかな？」

「うっ、それはお願いの具合にもよりますが……っ」

「うん、ありがとう。でもクリスのこと、困らせちゃうかも」

「なんですか、せっかくの機会ですから遠慮なく仰って下さい」

「それじゃあ……」

☆

「わぁ……。綺麗……」

やってきたのは街中にある教会の尖塔。最上階は展望スペースになっていて、そこから見える絶景に、ティリアは感嘆のため息混じりに呟いた。

西の地平線に、いままさにに沈もうとしている巨大な夕日はゆらゆらと揺らめいていて、質量を持った橙色の斜陽を投げかけてきている。

遙か眼下に広がるノヴァシュタットの家並《いえな》みは、そのすべてが黄金色に染め上げられてキラキラと輝いている。

ティリアのお願い……、それは、

『最後の思い出作りに、クリスとデートしたい』

というものだった。

嫁入りの直前に、なんてとんでもないことを言い出すんだと思ったものだけど、これで最後、という言葉にクリスが断れるはずもなかった。

「少し風が強いですね」

「うん……。だけど、とっても気持ちいい……。あの夕日に向かって飛んでいる鳥も、同じくらい強い風を受けているのかな？」

「きっとそうでしょう」

「どこまで行くのかな……、羽根があれば、きっと好きなところに飛んでいける、よね」

尖塔に吹きつける風に、銀髪を押さえながら……、遠くを見つめているティリアは、一体なにを見ているのだろう？

クリスは冷風に嬲られるがままの銀髪を眺めながら、そんなことを考えてしまう。ティリアに羽根はないのだ。王家という場所からも、眠り姫という運命からも逃れるための羽根など。

このような場所に来てまで哀しい想いをさせてしまって、はたしてこれがティリアのいい思い出になってくれるのだろうか。この記憶を胸に刻み、なんの悔いもなく永遠の午睡に旅立ってもらえるのだろうか。

そもそも――、ティリア様にとって、私は騎士でいることができたのだろうか？

「ティリア様……、私は、あなたのことをお守りすることができていたのでしょうか？」

つい、口をついて出てしまった質問に、ティリアはゆっくりと頷いてくれるのだった。

「うん。クリスはわたしの大切な、騎士様だった、よ……？」

ティリアの白魚のような指先に手を取られ、たったそれだけで腰が抜けそうな甘美な電流が身体中を駆け抜けていく。

「クリスの手、とっても逞しい……。これもわたしのことを守るために、いつも剣を握ってくれていたから。わたしも……、クリスに守ってもらえるに値するお姫様になれていたかな。ちょっと自信ないけどさ」

「そんな……ティリア様は、わたしにとってかけがえのない……、世界でたった一輪だけの花のような存在です」

「……うん、お花、か……。その花はとっても色が綺麗なのかな？　それとも匂いが芳しいのかしら」

「そ、それは……初めて会ったときは一目惚れでしたけど……。しかし私はティリア様の魂の美しさに惹かれているのです。で、できれば……許されることならば、ずっとお守りしたく――ふみゅっ」

最後の変な声は、ティリアの人差し指によって唇を塞がれたからだ。

「ありがとう。……でも、その先は言っちゃダメだよ。わたしが我慢できなくなっちゃいそうだからさ。……この、大切な想いを」

ティリアに手を取られ、胸へと導かれる。なだらかな曲線を描いた乳房は薄手のドレス越しであっても蕩けそうなほどに熱く感じられる。

「この胸がこんなに熱くなっているのは、大切な思い出がたくさん詰まっているから。いままでわたしのことを守ってきてくれて、感謝してもしきれないくらい」

「ティリア様、そんな……」

ティリアに見つめられ、クリスはそれ以上の言葉を重ねることができない。

紫紺の瞳に映し出されている、憔悴しきった一人の少女。それはクリス自身なのだ。その像が揺らめいているのは、ティリアが今にも泣き出しそうにしているからだった。

「クリス。いままで長いあいだわたしの剣となり盾となり守ってくれて、本当にありがとうございました。おかげでわたしは立派に成長することができました」

紫紺の瞳に涙を湛えながら、ティリアは努めて明るい声で、それでも笑顔で。

「わたしは、これから世界を救いに行きます。だからあなたはこれからの時間……、わたしが守っている平和な時間で、将来好きな人と出会って、それから結婚して……、子供たちに囲まれて……、そして幸せに暮らして下さい」

いまにも泣きそうだけど、底抜けに明るい声。それこそがティリアの魂の強さだと、クリスは思う。その強さにこそクリスは強烈《きょうれつ》に惹かれてきたのだ。

それなのに、お別れだなんて。いや、いつかくると覚悟はしていたが。

「ティリアさま……っ」

「こーら。そんなに情けない顔しないの。安心して眠りにつけなくなっちゃうじゃないの。クリスは、これからたくさんの幸せな時間を暮らして……？　それがわたしの幸せだから。クリスのために、わたしは眠り姫になるの」

「ティリア様、あなたがいないこの世界など……！」

「ダメ……、だよ。その先は。嬉しいけど、わたし、弱いから……、世界を守れなくなっちゃうよ」

ティリアの言葉尻は、今にも消えそうになっていて、その代わりにティリアはギュッと抱きついてくると耳元で囁く。

「クリスにはこれからのたくさんの時間を、好きな人と一緒に過ごして欲しいの。それで……たまにはわたしのことを思いだしてくれたら嬉しい、かな……」

ティリアの囁き声は小刻みに震えていた。それに鼻をすする音も混じっている。いままで人の上に立ち、その魂の美しさを見せつけてきたティリアが泣いている。

その理由が分かったときには、すべてが時間切れ。運命の歯車は、取り返しのつかないところまで回ってしまっている。

「最後にクリスへの贈り物。この花をあなたに受け取って欲しい……」

ティリアがドレスのポケットから取り出したのは、一輪の花。薄いガラスで挟まれて栞になっている。

この黄色の花芯に白いたくさんの花びらは、マーガレット。花言葉は確か――、恋占い、信頼、そして……『秘めた愛』。

「最後にわたしの想い、クリスに伝えられてよかった。だからこれは……、最後のお別れのキス……」

唇が触れるだけの、ささやかなキス。それでもクリスの唇には忘れようのない熱が伝わってきて、全身へと溶け込んでいく。

だけどなぜだろう？　こんなにもキスが苦く感じるのは。

「最期までわたしのワガママに付き合ってくれてありがとう」

「最期だなんて……」

その言葉を言い終える前に、ティリアの身体は離れていた。いままで感じられてきた、そこにあって当然の存在が離れていってしまう。だけどもう引き留めることはできない。

覚悟をもって、ティリアは眠り姫になろうとしているのだ。

その覚悟を冒涜するような真似が、はたして誰にできようか？

「いままでわたしの騎士でいてくれて、本当にありがとう……。あと、これは最後の最後のワガママなんだけど……」

「な、なんです……？　私にできることならばなんでもっ。いえ、できないことでもできるだけ善処はしますっ」

その言葉にティリアは苦笑してみせる。紫紺の瞳から涙を流しながら。

「わたしのワガママ……、それはね、わたしが先にこの塔を下りて待ってるから、クリスには五分くらい待ってて欲しいんだ。そうすれば、いつもの元気なわたしに戻っていると思うから……」

「分かりました」

クリスが言い終えるや否や、ティリアはくるりと踵《きびす》を返すと最上階の出入り口である階段を駆け足で下りていってしまった。踵を返すときに紫紺の瞳から大粒の涙が落ち、夕日に散って消えていく。それは一瞬で消えてしまうほうき星のように。

☆

ゆっくりと飲まれていく。

尖塔の展望スペースで手持ち無沙汰に時が過ぎるのを待っていると、西日が地平線へとゆらゆらと揺らめく西日は、沈みきるその一瞬だけ煌めきを増すと、そこからじわじわと夕闇が広がっていき、虹色のオーロラが浮き上がってくる。

人々が恐れる、夜がやってきたのだ。

「日が、没しようとしている――」

「ティリア様は、たった一人で獣の夜に立ち向かおうとしている……」

もちろん騎士としてゲオルグも一緒に眠りにつくのだろう。だが今日会った印象では、あまりいい伴侶となる男ではなさそうだ。

しかしそのことをクリスがとやかく言える立場でも、身分でもない。

(ティリア様を旅の終着点に送り届けることが、私にできるせめてもの騎士としての役目)

金細工が施された懐中時計でたっぷり五分ほど待ったことを確認すると、クリスは唯一の出入り口である急傾斜な階段を、ゆっくりと時間をかけて下りていく。

何組かのカップルたちとすれ違い、私と姫様もあんな感じに見えていたんだろうかとぼんやり考えながら地上へと帰ってくる。

尖塔を出ると、そこは教会の聖堂になっている。

聖堂に奉られているのは、慈愛と眠りの聖母ポピレアの大理石像。その像に向き合うようにしていくつもの長椅子が整然と並べられていて、何人かの信者が祈りを捧げている。

聖堂を出ると、そこには夜の顔を見せはじめているノヴァシュタットの風景があった。

多くのレストランから肉を焼く匂いが漂い、大通りには屋台も出ている。

「……ティリア様……？」

てっきり教会の前で待っているのかと思ったけど、周囲を一瞥してもティリアはいない。

それならばティリアを乗せてきた馬のところかと思って、杭を打って作られた馬留めにやってきてみるも、そこにはクリスの愛馬である白馬がいるだけだった。

（……まずいことになった）

クリスは瞬時に判断すると、白馬に跨がって周囲を一瞥する。馬上からの視線で、そこにティリアの銀髪がないと見るや、クリスは宿へと向けて馬を走らせる。

「私としたことが……っ」

先にティリアが宿に帰っているのならばそれで良し。だがティリアが勝手にそんなことをするはずがないことはクリスが一番よく知っている。

白馬を繋いで宿屋に駆け込むと、

「ミント、ティリア様は帰ってきているか!?」

ロビーの椅子に腰掛けてタブロイドを読んでいるミントに、開口一番に聞いてみる。だがミントは「いえ……」短く答えると、首を横に振るのだった。

「クリスと一緒ではないのですか？」

「いや、それが……見失ってしまった」

「大変です。すぐに探しに行かないと」

「ああ。私が探しに行くから、ミントはこの宿で指揮を執ってくれ」

「分かりました。見つけたら指笛で合図を」

ミントが言葉を終える前に、クリスは夜のノヴァシュタットに白馬を疾駆させていた。

☆

（ここは、どこ……？）

ティリアが目を覚ますと、そこは暗闇に包まれた場所だった。どこかの路地裏だろうか？　遠くのほうから雑踏の喧噪が聞こえてくる。だけど手を伸ばそうとしても、

「えっ……」

どんなに手を伸ばそうとしても、腕が重たく感じて動かすことさえもできない。

（なんでこんなことに……っ）

どんなに身体に力を入れても、水飴の中で身体を動かそうとしているかのように重たくて、動くことさえもできない。

「おっと、お目覚めかい」

不意に頭上から降ってくる声。だが地面に転がされているティリアは、その声の主を見やることさえもできない。

「動けないだろう？　マタンゴの胞子を思い切り吸ったからね。あと一時間は麻痺が抜けないだろうよ」

「……むぐっ」

銀髪を掴まれて、無理やりに面を起こされる。

炎のようなロングヘアの、派手な女だ。その双眸は獣のような金色の光を宿している。

——そういえば、と思いだす。教会の尖塔から下りてきたところで後ろから誰かに呼び止められて、そこでハンカチのようなものを口にあてられて、それで……。そこからの記憶がぷっつりと途切れていた。涙が乾ききっていないということは、それほど時間が経っていないということなのだろう。

「お前さんには恨みはないけどね、あんたが生きていると都合の悪い人間がいるってことだよ。恨むんなら自分の生まれを恨むんだな」

「どうせ……ゲオ……ルグ、から、でしょう……⁉」

なんとかその一言だけを絞り出す。すると女は意外そうな顔をしてみせた。

「へえ、ただの祭り上げられてるだけの小娘かと思っていたら意外と知恵があるようだ。そう。私は雇われたテイマー……暗殺者ってわけさ。嫁入りしようと思っていた相手から裏切られて……どんな気持ちだい？」

女は嗜虐的な笑みを浮かべながら言う。

(こんな奴の思う壺になるわけには……っ)

それに今ごろクリスが気づいて、街中を探索していることだろう。それならばティリアがすべきことは一つだけ。できるだけ時間を稼ぐことだ。

「まぁ、お前さんの気持ちなんてどうでもいい、か。大人しく翡翠の森で殺されていれば余計な恐怖も味わわずに済んだのにな。そんなお前さんに最後に一つだけ選ばせてやろう。あの世への餞別ってやつさ。化けて出られても困るからね」

「……なっ、なん……、ですって……っ」

「犯されてから死ぬか、死んでから犯されるか……その二択だ」

女はニヤリと口角を吊り上げながら言う。唇を、鋭利な三日月のように歪ませながら。

「お前さんはまだ処女なんだろう？　死ぬ前に思い出作りしたけりゃ協力してやるよ」

その言葉にただでさえ絶望に沈みそうな心が、深い泥沼に沈んでいく。こいつはもう、わたしのことを殺すと決めているのだ。

だけどそれを顔に出してしまえば、それこそ思う壺ではないか。

「だ、誰が……っ、あなたなんかに……っ」

「フッ、その顔だと、どうやら先に殺されるのがお好みらしい。いいだろう、お望み通りにしてやる」

女はコートの中から革の鞘に包まれたナイフを取り出す。鞘に染みこんでいるドス黒い染みは獣のものか、それとも人間のものか。そのナイフを、喉元に突きつけられる。

「オーキッド王国からはるばるやってきたお姫様、警備の隙を突かれて悪漢に誘拐され、無様に殺されるってな。明日には国中がその話題で持ちきりになってることだろ」

「うっ、ぐっ、ぐぅ……っ」

冷たい白刃が、首筋に押しつけられる。

（クリス……っ、助けて……！）

何度も心の中で叫ぶ。だけどその声は、恐怖に絞め上げられている喉から発せられることはなかった。

「安心しろ、死体はすぐに見つかるようにしておいてやるよ。野良犬のエサになるってのは浮かばれないいだろう？　まぁ、その前にちょっとばかり楽しませてもらうけどね」

「あっ、ぐう！」

女の靴に蹴り飛ばされて、大の字の仰向けにさせられる。羞恥心から脚を閉じようとするも、麻痺した身体は指先さえも動いてはくれない。

女は下卑た笑みを浮かべながらティリアに馬乗りになると、片手でナイフを握り、もう片方の手で自らの秘部をまさぐっている。毛皮のコートから覗き見えるデニムのホットパンツの股間は、すでにしっとりと濡れているようだった。

こんなところで、こんな奴に殺される？　そんな、うそ。信じたくない。

だけどナイフは、なんの躊躇いもなくみぞおちに突き立てられると……、ズブリ。

（い、いや……だめ……！）

体内に冷たい白刃が入り込んでくる。冷たかった白刃は、直後には焼けるように熱くなっていく。純白のドレスが見る間に赤く染め上げられていき、ドレスの装飾も相まってカーネーションのようにも見えた。

（あっ、これ……、わたしの血、なんだ……。こんなところで、死んじゃうの……？　眠り姫にもならず、このまま……）

そんなことを考えているあいだにも、ティリアの血は取り返しのつかないほどに溢れ出し、血溜まりとなって地面へと広がっていった。

「そーら、こうしてやると、綺麗な花が咲くのよ？」

「ぐっ、あっぐ！　やめっ、てぇ……っ」

みぞおちに突き刺さっているナイフが、ゆっくりと腹を裂いていく。お腹に収まっていたものが溢れ出してきて、ぼやけた視界にそれは本当に花のように見えた。

「人も動物も変わらないもんだね。腹を破れば血とゲロと糞が混じり合って……、これからあなたのことをグチャグチャにしてあげるよ」

凶器に吊り上がった女の唇が三日月のように見えて——、

「………死ね！」

その声は待ちわびたクリスのもの。直後、女テイマーが視界から吹き飛んだ。

炎のようなロングヘアの女テイマーを斬りつけ、更には蹴り飛ばし、しかしクリスは動揺を隠しきれずにいた。

純白だったはずのティリアのドレスは、既に深紅に染まっている。その原因は考えるまでもない。腹を裂かれたティリアは、仰向けになってときおり痙攣するのみとなっている。早く即効性のある薬草で適切な処置をしなければ。いや、それ以前に間に合うか？

逡巡しながらもクリスは指笛を鳴らす。ピューッ！　夜陰を切り裂く指笛に応え、近くからも同じ指笛が鳴り、赤の閃光弾が打ち上げられる。さすが統率が取れた我がオーキッド王国の騎士団。

いますぐにでもティリアの治療にかかりたいところだが、まずはダニを潰さなければ。

「まずは貴様からだ」

クリスは抜き身のレイピアを、尻餅をついているテイマーの女へと向ける。

「すでに両脚の腱は斬っておいた。これでもう満足に歩くことはできん。誰の差し金だ。……といっても、大方の予想はついているがな。だが言わなければ五感を順番に使い物にならなくするぞ。まずは目がいいか？　鼻か？　耳か？　それとも舌？」

「わっ、分かったって！　ゲオルグだ！　ゲオルグに頼まれて翡翠の森から……っ」

「そうか。それさえ分かれば十分だ」

ザシュ、ザシュッ！　クリスはなんの躊躇いもなく女の両腕の腱を断ち切ると、レイピアの柄頭でドゴッ！　頭頂部を強打して気絶させる。

これで目を覚ましてもまともに動けないはずだ。少なくともこの稼業ができぬほどに。

「ティリア様ッ」

クリスはレイピアについた血を振り払い鞘に収めると、ティリアのもとへと駆けつける。

ティリアの肩を抱き上げて何度も声をかけるも、ティリアの反応はない。

「ティリア様っ、ティリア様ッ！」

誰がどう見ても手遅れなのが分かるほどに腹が大きく裂け、そこから止めどなく血液が溢れ出してきている。今にも消えそうな鼓動のたびに出血していき……、そしてついにその脈動が……止まってしまう。

「う、うそだ……っ。そんな……」

いままで命を賭して守ってきた存在が——、ついにこの世から消えてしまった……？

ショックのあまりに、その身にまとっている空気さえも虚無に感じられてくる。

「駄目だっ！」

現実から目を逸らしそうになって、クリスは首を振る。これは間違いなく現実なのだ。直視しなければならない。

「かくなる上は……っ」

クリスは胸元からネックレスを取り出す。

シルバーチェーンのトップに通されている、紫紺の涙滴を象った宝石には、クリスの鼓動に合わせて蛍火が瞬いている。

（ティリア様には止められているが、この状況では仕方あるまいっ）

クリスの寿命を半分削り、ティリアの命を助ける秘術。

元よりこの命はティリアのために捧げると決めていた。寿命を削ることになんの躊躇いもなかった。

（ティリア様はお許しにならないだろうが……、あとで気が済むまで怒って下さい！）

「王家に伝わる紫紺の宝石よ！　我が血を、生命力をティリア様に分け与え賜え！」

ネックレスに通された紫紺の涙滴を象ったネックレスを握りしめ、夜空に向けてかかげる。すると宝石のなかで脈打っていた蛍火が一際大きくなり、クリスとティリアを包み込んだではないか。

「ティリア様、ご無礼をお許し下さい」

溢れ出しそうなほどの熱が唇に宿るのを感じる。ここから生命を分け与えようというのだろう。クリスはゆっくりとティリアの唇に触れると――、

「こ、これは……っ、思っていたよりも、つらい……っ」

酷い貧血に陥ったときのように意識が遠のくも、気合で意識を繋ぎ止める。それができるのも腕の中にいるティリアの身体が、ほんの少しだが温かくなってきたからだった。

トクンッ、ティリアの心臓がかすかに脈打ち、トクンッ、凶刃によって引き裂かれていた腹の傷口が見る間に塞がっていく。

何度か意識が遠のきそうになりながらも――、

「あ、あれ……、クリス……？　わたし、なんで……？　泣いているの？」

うっすらと開かれるティリアの瞳。

その顔を見た瞬間、感情が決壊していた。

ギュッと華奢な身体を抱きしめ、ただひたすらに体温を感じる。この温もりを守るために厳しい修練にも耐えてきたのだ。愛しき姫がいないこの世界など——。

「クリス、泣かないで……。クリスのキスで目覚めるなんて、なんか本当のお姫様になった気分」

「ティリア様はぁ……、本当の姫様ではありませんか……っ。それにそれだと私が王子様っていうことに……っ」

涙声で絞り出すのがやっとだった。それっきり感情と涙が決壊してしまう。

遠くからいくつもの足音が聞こえてくる。その中には小型のポニーの蹄鉄《ていてつ》のものも混じっていた。恐らくミントも駆けつけてきてくれたのだろう。

「ティリア様、私はまだやるべき仕事があります。今宵はゆっくりと休んでいて下さい」

このときになってポニーに跨がったミントが駆けつけてくる。その後を兵士たちが追いかけてきていた。

クリスはティリアの身体をそっと地面に横たえると、路地裏の闇へと消えていく。

まだ、やるべき仕事が残っている。それは——。

☆

「遅い、な……」

ノヴァシュタット城の東側に位置する別邸……、その石造りの建物は第一王子であるゲオルグが個人的に利用している。

時は深夜。多くの城の者は眠りにつき、城の明かりは城壁を守る見張りと、要点に置かれている篝火くらいなものだ。

そんな時間になってもゲオルグはランプの灯りを落とさずに、いらだたしげに部屋の両端を行き来していた。揺らめくランプの灯りに甲冑やサーベル、虎の毛皮をそのまま使った絨毯が浮き上がっている。

「そろそろ約束の時間だが……」

ゲオルグは戸棚からブランデーの入った瓶を取り出すと、コポコポと音を立ててグラスへと注いでいく。そいつを一口で呷ると、得も言われぬ幸福感と征服感がブレンドされた感情が胸の奥底から込み上げてくる。

「まったく……それにしても勿体ないことをしたかな」

黒革のソファーに足を組んで座るゲオルグは独りごちる。その言葉が意味するところは……、考えるまでもない。

「あの小娘が思っていた以上に成長していて驚いたものだが……、一度くらいは抱いてやろうと思ったのに、俺の誘いを断るとはお高くとまったガキだぜ……っ」

再びブランデーを注ぐと、今度は少しだけ唇を湿らせる。

「先代の眠り姫がくたばって、俺様が騎士に選ばれたときにはどうなることかと思ったが……、これで一件落着だな。まずはこのノヴァシュタットで地盤を固め、それから隣国を懐柔し、ゆくゆくは……」

「……この外道め」

その低い声がよほど意外だったのか、ゲオルグは深々と座っていたソファーから勢いよく立ち上がってみせた。だがかなり酔いが回っていたらしく、足元がおぼつかない。

声を発したのは……ランプの灯りに揺らめく、レースのカーテン。

いや。それはクリスの流れるようなブロンドであった。

「ゲオルグ殿。貴公は最初から眠り姫の騎士になる気はなかった。そう言うことだな？」

「ふっ、誰かと思ったらオーキッドの鼠か。当たり前だろう？　だれがあんな《人柱》になるものかよ」

「人柱……。それが貴公の本音か」

「ああ、そのとおりだ。幸いなことに眠り姫と騎士、重要なのは女のほうだ。あいつが死ねば、エスコート役である俺様はお役御免。晴れて自由の身ってやつよ」

ゲオルグの言うことも事実だった。

眠り姫とその騎士で、重要な役割を担うのは少女のほうである。だから万が一少女が命を落とせば、眠り姫となるべきは次の候補の少女へと移る。

男は、夢の世界で姫を守るための騎士としての役割を担っている——と、クリスは以前ミントから聞かされていた。

　だから古い時代より眠り姫になる少女は、北の礼拝堂に向かう途中でなぜか不幸に遭いやすいものだ……、とも聞かされていた。

「たった一人でこんなところに来たっていうことは、それなりの覚悟があるということだろう？　俺様がこのベルを鳴らせば、衛兵が山のように——」

　ゲオルグは手元にある黄金のハンドベルを鳴らしてみせる。反響する周波数によってつがいのベルも鳴るものだが……。

「衛兵？　それは外で寝ていた奴等のことか？　あまり無理はさせないことだ。疲れていて剣の動きが鈍かったようだからな」

「なん……だとっ！」

「剣をとれ。それがせめてもの情けだ！」

「ぐぐっ……よかろう。この俺様に剣を抜かせたこと、後悔するぞ。オーキッドの田舎剣術風情が……！」

　ゲオルグは部屋のインテリアとして置かれている甲冑一式からサーベルを抜く。シャラリと現れたのは、冷たい氷のような剣身。

「……参る！」

　クリスは虚空に剣先で蝶の紋様を描くと、相手に向けてレイピアの切っ先を向ける。オーキッド式の礼にあたる所作である。その剣先はゲオルグが持っているサーベルを焦らす

かのように舞い――、

「小生意気なっ」

酔いも手伝っているのだろう。ついに焦れたゲオルグは、サーベルをしならせるようにレイピアを払う。その勢いのままに踏み込んでくるとクリスの華奢な身体をバッサリと袈裟切りに――ドスッ！

「ぐっ、ぐはっ！」

血の混じった呻き声を漏らしたのは、ゲオルグだった。クリスのレイピアが腹へと突き刺さっていたのだ。

クリスはレイピアを抜き払うと、直後には心臓、喉、眉間に神速の三段突きを放つ。

「苦しまずに死ねることを有難く思うがいい」

カチン、クリスがレイピアを鞘に収めた直後、鮮血が噴水のように噴き出してゲオルグだった肉塊が床に潰れる。

虎の毛皮の絨毯に、深紅の薔薇の花が咲いた。

☆

ゲオルグの変わり果てた遺体が発見されたのは夜が明けてからのことだった。

クリスは夜のうちに姿を消し、その代わりにミントによって縛り上げられた暗殺者の女が遺体の隣に転がされており、すべてを自白したという。

そのことをクリスが知ったのは、ティリアのベッドサイドで寝ずの番をしているときの

ことだった。ミントが持ってきてくれたタブロイドによれば、

『ゲオルグ公、暗殺か!?　……だと。眠り姫の騎士として選ばれていたゲオルグ公が今朝、何者かによって殺害されているところが発見された。第一発見者は朝食を持ってきたメイド。ゲオルグ公の隣には拘束された女がおり『自分がやったわけではない』などと供述しているとのこと。王立警備隊は終末思想をかかげている団体の関与を調べている』

クリスはホッと胸を撫で下ろす。タブロイドのどこにもクリスの名前は書かれていなかったからだ。

「朝の市場に流れていた噂ですけど」

タブロイドを持ってきてくれたミントは口を開く。

「ゆうべの暗殺者の女がすべてを自白したそうですよ。これから捜査が始まるけど形ばかりのものでしょう。国王であるノヴァシュタット三十五世としても息子が起こした不祥事を世間に知られるわけにもいかないでしょうし」

「よく自白したな。暗殺者がそうそう簡単に吐くとは思えないが」

「簡単なことです。彼女の猿ぐつわに自白効果のある薬剤を少々染みこませておきました。『多少』後遺症が残るかもしれませんが」

「そ、そうか」

眉一つ動かさずに言うミントに、背筋に冷たいものを感じてしまう。

だが、クリスもゲオルグという人間を手にかけてきたのだ。それは初めての人殺し。だ

がそれ以前にもクリスは多くの獣を殺してきた。

危害を加えてこようとする存在という意味で、人と獣という違いは重要なことなのだろうか？　クリスはずっとティリアの寝顔を見ながら考えていたが、朝になってもついにその答えを見つけることはできなかった。

ティリアはゆうべ受けた怪我の影響か、それともクリスの寿命を半分受け取ったことが負担になっているのか生気の感じない陶器のような顔色のままで寝息を立てている。

「ティリア様はいつお目覚めに……」

「それは分かりません。ゆうべは宿屋に着いた直後に気を失うように眠ってしまいましたから。それよりもクリス。ティリア様は大変動揺されていました。それにドレスの傷……あなたまさか……王家に伝わるあの秘術を？」

どうやらミントはすべてをお見通しらしい。隠すだけ無駄というものだろう。

「後悔はしていないさ。姫様がいないこの世界など、考えられないから……」

寿命を半分削ったとしても、それはティリアのためなのだ。後悔はなかった。

だが、ここで一つだけ疑問が浮上してくる。

「これからティリア様はどうなるんだ？　眠り姫が一人で《永遠の午睡》に旅立つことができるのか？」

もしかしたら、ティリア様は眠り姫の呪縛から逃れることができるかもしれない……そんな一縷の希望を持ちながらも聞いてみる。

だがミントの言葉は、クリスを失望させるものだった。

「眠り姫というしきたりに重要なのは、少女のほう。騎士である男は夢の世界で少女を守るという役割を担っているにすぎません。だからたとえゲオルグが死んだとしても、ティリア様は《永遠の午睡》に一人で旅立つことになるでしょう」

「一人で、だと？　そんなことができるのか？　そんな、残酷なことが……」

「はい。残念ながら先例があります。ただ……」

「ただ？」

ミントは珍しく表情を翳らせる。

「眠り姫が一人で《永遠の午睡》に旅立ったのは、およそ三百五十年前の一度だけ。そのときは不幸にも騎士となる男性が事故によって死亡してしまったようです。それでも眠り姫となる少女は《永遠の午睡》につくことになったのですが……そのときは五年でその役割を終えてしまったとか」

「五年、だと？」

通常の場合であれば三、四十年は永遠の午睡につき、そのあいだは若さと望むがままの夢を見られるはずなのに……、五年というのはあまりにも短すぎる。

「それでは次の眠り姫と騎士に順番を回したほうがいいのではないか？」

「たとえ五年でも、それだけで眠り姫の宿命から逃れられる少女もいるかもしれないのです。それは無理なことでしょう」

「ティリア様は……あぁ、なんて残酷な……、酷すぎる……っ」

将来の伴侶に裏切られ、命を狙われ、しかも残された寿命はクリスから与えられた分だけだ。しかも眠り姫の宿命からも逃れられないだなんて、残酷すぎる。

「ティリア様……っ」

ギュッとティリアの手を握ると、その華奢な手は氷のように冷え切っていた。この手を温められるのは自分しかいないと思っていたのに……。

「それでクリスはどうするのです？」

「どう、とは……？」

「このままティリア様を一人で行かせてしまうのですか？」

ミントの問いは、冷たく現実的だ。

クリスはその現実を痛いほど理解しているからこそカッと頭が熱くなり、普段はぶつけたことのない激情をミントの両肩を掴み、一気に吐き出す。

「そんなこと許せるわけないだろう⁉　私はティリア様が幸せであって欲しい！　そうさせない運命など滅べばいいと思っている！　……だが、だがな……、それでもティリア様は優しすぎるから……っ、きっと世界を選ぶんだ。自分を犠牲にしてでも……！」

「私が聞いているのはティリア様がどうするのかではありません！　貴女はどうしたいのかと聞いているのです！」

ミントの静かな声は、しかし迸る水流のような圧力を帯びている。クリスはなにも言い返せず、真っ直ぐと見つめてくるミントの瞳から逃げるように視線を逸らす。

――私はどうしたいのか？　眠り姫となるティリアのためにできることがあるのか？

「私は……」

違う。……そうじゃない。ティリアのためにできることなんて、いままで考える暇もなかった。いつも奔放なティリアに振り回されてばかりで……。

そんな不甲斐ない近衛兵がティリアとともに過ごしてきた長い年月で、ティリアのためにできたことは、たった一つだけ。

「ティリア様の、そばにいる……」

絞り出した一言は、考え抜いたものというよりも、真っ先に脳裏に浮かんだ言葉だった。

それでもその短い言葉こそが、クリスにとって嘘偽りのない答えだった。

「ずっと、ティリア様のそばにいる。……いたいんだ」

確かめるように呟くと、不思議なほどに心が凪いでいくのを感じた。

「クリス。それが貴女の答えなのですね？」

「……ああ」

その言葉に、ミントは柔和な笑みを浮かべると小さく頷く。

クリスとティリアの二人を、姉のように長く見守ってきた少女にとって、その答えはなによりも嬉しく、ほんの少しだけ寂しい。だが紛れもなくその答えが尊いものであることを知っていた。

「それならば、やるべきことは分かりますね？」

「ああ！」

決意は固まった。もう迷うことは、なにもない。

「本当にありがとう、ミント。おかげで覚悟を決めることができた」

もう、なにも言うことはない、といった満足げな表情でメイドは頷く。

だが憂いや迷いが消えようとも、まだクリスの征く道を、この国が阻んでいた。ゲオルグに手を下した犯人として囚われるわけにはいかなかった。

「ミント、これから私はティリア様がお目覚めになるまで身を潜めなければならない。分かっているな？」

「はい。それも当然のこと。国王は当然、王子殺しの容疑者である貴女を私刑にかけようと血眼になって捜すでしょう。ゲオルグを殺せるほどのレイピアの名手はクリス、この国には恐らく貴女くらいしかいない」

「褒めてくれるなよ。それでは私はこれからしばらくこの街の裏路地にでも潜伏している。姫様が目を覚まし次第ユグドラシア礼拝堂に出発。兵士たちにもそのつもりでいるように伝えておいてくれ」

「分かりました。お気をつけて」

クリスは陽が高くなってきた部屋を後にすると、街の雑踏へと姿を消していった。

第七章　白馬の王子様

「私はティリア様の剣となり盾となり、どんな危険からもあなたをお守り致しましょう。たとえ、この命を捧げてさえも」

　クリスと出会った日のことを、今でも鮮明に覚えている。五歳のころ、わたしのことを守ってくれる騎士様はどんな人なのだろう？　きっと筋骨隆々として怖い人に違いないと内心震え上がっていたものだけど、それは杞憂……、それどころか一目惚れしていた。

　だから……、あんなイタズラをしてしまったのだ。

「誓いのキス……唇でしてみたいのかしら？」

　だなんて。そうしたらクリスは顔を真っ赤にして俯いてしまったっけ。そんなクリスのことを心から愛らしく思い、決して失いたくはないと思った。

　そしてなによりもこの人には幸せになって欲しい、と。

　だからクリスが『命を賭して』『寿命を半分捧げる』だなんて言うたびに、それだけはやめてと何度も言ってきたというのに。

「わたしが生きていても、クリスを不幸にしてしまう……」

　これからもわたしの身になにかあったら、きっとクリスはなんの躊躇いもなく更に寿命を半分削ることだろう。いや、それどころか——。

「わたしがこのまま眠り姫になったら、きっとクリスに迷惑をかけてしまう……」

クリスはわたしが眠り姫としてユグドラシア礼拝堂で《永遠の午睡》についたら、ずっとそばで添い遂げようとするに違いなかった。ただでさえ短くなった寿命を、わたしの命が燃え尽きる約五年という時間を無為に過ごすことになってしまう。

「わたしが生きていても、あなたのことを不幸にしてしまうだけ……」


「あっ」

と、ティリアが声を上げてしまったのは、まなじりから涙が溢れ出したからだった。

目が覚めると……どうやら泣いていたようだ。

レースのカーテンは春のそよ風に揺れ、燃えるような夕日を孕んでいた。

「すー……、すー……」

ほんのかすかな寝息に視線をやると、ベッドの足元のほうでミントが突っ伏して眠っている。近くのテーブルには紅茶と手桶とタオル。ずっと見守ってくれていたようだ。

大切に想われている……。その気持ちをとても有難く思う反面、これ以上迷惑をかけてはいけないという思いが確固たるものになっていくのを感じた。

ベッドから身体を起こすと、薄手のブランケットが落ちる。ティリアはなるべく音を立てないようにベッドから降りると、ソッとドアを開けた。

ドアの隙間から見張りの兵士がいるかと思って覗いてみると、ちょうど交代の時間なのだろうか、ドアの前には誰もいなかった。

（クリスはどこだろう……？）

こんなときでもクリスを探してしまうほどに、ティリアの深層にはクリスが根付いていた。きっとクリスのことだ。こういうときは用心に用心を重ねて入り口の警備をしているに違いない。そう思って一階にある酒場にまで降りてきたときのことだった。テーブルを囲んでいる冒険者たちが、声を潜めるように噂し合っていたのだ。

『おい、聞いたか……？』『……ああ、王子が暗殺されたそうだな』

その言葉を聞いてティリアは戦慄する。ゆうべはクリスに助けられてからすぐに意識を失ってしまって記憶が定かではないが……、このタイミングでゲオルグが殺されたということは、もしや、クリスが……？　ティリアの思考を裏打ちする声が聞こえてくる。

『下手人は傷口の状況からレイピア使いらしいぞ』『レイピア使いといえば、昨日やってきたオーキッドの騎士団長が、確か……』

口々に噂し合っている冒険者の推理は恐らく正しいのだろう。

ゆうべの暗殺者から聞かされた黒幕はゲオルグ。そして激情に駆られたクリスは——。

（もう、わたしなんていないほうがいいのかな）

自分が生きていればクリスやミント、そして国のみんなにも迷惑をかけることになる。

それにこのまま生きていたとしても、未来に約束されているのはたった一人で臨むことになる《永遠の午睡》への旅立ちだ。

そこになんの幸せがあるというのだろうか？

いままで、一国の姫として恥ずかしくない振る舞いをしようと心がけてきたし、眠り姫として選ばれてからは世界の平和のためにと気負ってきた。

一国の姫から、世界の眠り姫へ。役割は国から世界へと広がったのだ。

だけど、もしもこんなことがなかったら――、
きっと何事もなく自らを殺そうとしてきた相手と結婚して、そして子を孕み、そしてすぐそばには近衛兵としてクリスもいて、それでクリスも好きな人ができて結婚してて……、それでわたしたちの子供はいつも仲良く遊んでいるのだ。

「その子たちが男の子と女の子だったらさ、将来両思いになって結婚しちゃったりして。そしたらわたし達が一緒になれなかった夢を叶えてくれるっていうことになるのかな？」

だけどそれは決して訪れることのない夢物語。夢を見ることさえも許されない。

運命の歯車は軋み、壊れてしまったのだ。

「わたしなんて、この世界から消えちゃったほうがいいのかな」

ふとこんな言葉が口をついて出てきてしまう。だけど自分でも驚くくらいに『それが一番いいんじゃないかな？』なんて考えていた。

そう思ったら、なんだか急に気が楽になったような気がして――、ティリアは騒々しい酒場を横切ると、宿屋を後にしていた。そこにいると思っていたクリスはいなかったけど、いまはいないほうが都合がいい。

ティリアはフラフラとおぼつかない足取りで雑踏へと混じっていく。

(本当にあいつが死んだの……？)

酒場で聞こえてきた噂話ではゲオルグが殺されたと言っていたが、城下町には夕飯の材料を買う人たちや旅人が行き交い賑わっていた。

この光景だけを見ると、この国の第一王子が死んだことなど信じられないほどだ。てっきり喪に服してでもいると思ったのに。

しかし街の行く先々では銀の鎧を着込んだノヴァシュタット兵が警備にあたっている。

探しているのは……クリスだろうか？

そのクリスには取り返しがつかない過ちを犯させてしまった。

——このまま、街の雑踏に任せるがままに歩き続けて……、それでこの世界から消えることができたら、どんなに気分が晴れることだろうか。少なくとも、それで不幸になる人なんていないはずだ。

……次の眠り姫になる子には悪いけど、ね……。

雑踏に身を任せて歩いていると、目の前にあったのは教会の尖塔だった。

昨日来たばかりだというのに、もう随分昔のことのように感じられる。最後の思い出に登っても罰は当たらないだろう。

そう思って一段ずつ階段を登っていき、尖塔の最上階へ。

ノヴァシュタットの城下町は、ティリアの思いなど知らずに黄金色に染まっている。

昨日見たものと同じ光景。だけど吹きつける風が冷たく感じるのは、いつも隣で守ってくれていた騎士がいないからだ。

「わたしはクリスと一緒になれない……。クリスのことを不幸にしてしまう……」

そんな独り言も、冷たい風にかき消され——、ティリアは尖塔から落ちぬようにと設えられている鋳鉄製の手すりに身を預ける。

（あーあ、ここから一歩進めば地面に叩きつけられて楽になれるかなー）

そんなことを考えていると、いつの間にか鋳鉄製の手すりは、手のひらのなかで熱くなっていた。それに真っ赤だった夕焼けも地平線に半分くらい吸い込まれていて、東の空からは夕闇が迫ってきている。

「はぁ……わたしが死んでも代わりはいるし、それにクリスのためにも、ね」

諦念にも似た感情を抱きながら、腰の高さほどの手すりを乗り越えようとし——、
そのときだった。

ノヴァシュタットの西側の大通りを、夕日をバックにして白馬が疾走してきている。ここからでは顔までは見えないが、それは確かにクリスの操る白馬だった。

そのクリスに気づいたか、警備にあたっていたノヴァシュタット兵が追いかけるも、クリス駆る白馬に引き離されるばかりだ。更にクリスは、ピューーッ！　指笛を吹く。すると宿屋ですでに出発の準備を終えていたオーキッド兵が、東側の大通りから隊列を整えて進行しはじめたではないか。

眼下に広がる教会前の広場を、オーキッド兵とノヴァシュタット兵が東西に二分して睨み合う形になった。

「ク、クリス……⁉」

広場に入ってきたクリスはこちらを見上げると大声で、

「ティリア様、お目覚めのころかと思い、お迎えに上がりました」

「な、なんでわたしが起きたって……」

「私とあなたには同じ血が流れているのです。そんなことくらい分かります！」

いきなりそんなことを言われても、ちょっと訳が分からない。そもそもクリスに迷惑をかけたくないからこのままいなくなってしまおうと思っていたのに。

ティリアが戸惑っていることも知らずにクリスは白馬で教会へと乗り付け降りると、そのままの勢いで尖塔の螺旋階段を駆け上がってきたではないか。

ノヴァシュタット兵も追いかけてこようとするも、屈強なオーキッド兵に食い止められる。一人、尖塔の展望スペースにまでやってきたクリスは跪くと、息一つ乱さずに言うのだった。

「ティリア様、さあ、旅立ちのときです」

「た、旅立ちって……？」

「もうこの街に用はないはず。我々はユグドラシア礼拝堂へと発たねばなりません」

「でも……、わたし一人で眠り姫なんて……っ、それにクリスにまで迷惑かけちゃって…

……っ、わたしなんて生きてても……っ」

「ティリア様……」

クリスは面を上げると立ち上がる。

「ティリア様、誰があなたを一人にすると言いました。私がいつまでも近くにいますよ」

クリスなら、きっとそう言ってくれると思っていた。だからこそ、クリスの存在がこのときばかりは遠くに感じられる。

「駄目、だよ。わたしのためにクリスの生命……半分に減っちゃってるんだよ……？　それなのに、これ以上クリスの大切な時間、無駄にできないよ……っ」

「……ティリア様。私は、私は…………ああっ」

凛としていたクリスが、急に頬を赤らめ狼狽えはじめる。なんで？　不思議に思ってクリスが視線を泳がせているその先には、教会の尖塔を囲うようにして、ノヴァシュタット兵とオーキッド兵がこちらを見上げてきていた。それどころか、街中の人たちまでも。

「姫様、私の生命に関してはまったく後悔していません。もしも、万が一これから同じことが起こったとしても、喜んでこの命を捧げましょう」

「駄目よっ。それではクリスの大切な時間を奪ってしまうことになる……。クリスに将来好きな人ができたとき、大切な人といられる時間を減らしてしまうことになる……っ」

「ティリア様……、それは……」

「なぜわたしなんかのために、クリスの大切な時間を減らしてしまったの!?　わたしはそんなこと望んでなかったのにっ。それにわたしが死んでもいくらでも代わりはいる。だけど、あなたという存在はあなたしかいないんだよ!?」

「ティリア様が死んでも、代わりがいる……？　それは本気で言ってるのですか？」

「えっ？」

「言葉にせずとも伝わっているかと思いましたが……、それでは改めまして。ティリア様……あ、あああ、私は……っ」

　そこでクリスは再び頬を赤らめて言葉を詰まらせる。それでも意を決したかのように瞳を真っ直ぐに見据えると言うのだった。

「私は求婚しにきました」

その瞬間、吹きすさぶ風が止み、すべての音が消滅した。

この街のすべての視線がクリスとティリアに釘付けになり、雑踏の音さえも消える。

「きゅ、求婚……!?」

言われていることが分からずに、ティリアは変な声を上げてしまった。

それでもクリスは体内に溜まっていた言葉を吐き出すかのように続ける。

「ティリア様が望むのならこの世界を敵に回しても構いません。わたしはどんな運命からもあなたのことを守り抜いてみせます。その覚悟であなたを追いかけてきた！」

「でも、わたしが生きている限り、眠り姫の運命からは……」

「ティリア様の身体には私の血が流れているのです。この熱き血潮を感じて欲しい。ティリア様が眠り姫になると言うのなら、私はその騎士となって未来永劫、あなたのことを夢魔たちからお守りしましょう」

「クリス……ずぅっとそばにいてくれるの……？」

「当然です。私はティリア様の騎士なのですから」

クリスに手を取られる。長年剣を握っていたその手は逞しく感じられた。だけど本当にクリスを巻き込んでもいいのかと手を引っ込めてしまう。もどかしく感じたのか、今度はクリスは肩を抱いてきた。

「ティリア様。誓いのキスを」

「でも、でも……っ、クリスは……、わたしのために取り返しのつかないことを……いくらわたしの命を奪おうとしたからといって、取り返しのつかないことを……っ」

「言ったでしょう？　たとえ世界のすべてを敵に回してもあなたをお守りすると。その覚悟と比べたら、この状況など……む、むぅ」

改めてクリスは眼下にいる衆人が気になってしまったようだ。凛としていた騎士の顔に、ほんの一瞬だけ戸惑いの色が浮かび——、それはいつものクリスだった。いつものからかい甲斐のあるクリス。

クリスはここに覚悟をもって登ってきてくれた。だからそれに答えることが、君主たる……、いや、一人の女としての覚悟だろう。

「クリス……、わたしも、あなたのことがずっと昔から好きでした。だから……、いまさら遅いかもしれないけどさ、これからも……、ずぅーっと、わたしのそばにいて欲しい…

…お願い、できないかな。わたしも、クリスのこと、大好きだから……」

ティリアはクリスの身体に手を回す。金髪の隙間から触れたうなじは、ビックリするくらいに熱くなっていた。

「クリス、誓いのキスを……。今度こそ、唇に……いいかしら?」

「はい。初めて会ったときはできませんでしたけど、ここまで来るのに長かった――」

「本当に、ね。わたしたち、ずいぶん遠回りしちゃったみたい。ずっと一緒に……夢の先まで一緒なんだから……っ」

その言葉に応える代わりに、クリスは肩を抱いている手に力を入れる。お互いの見つめ合う顔が近づいてきて、どちらからともなく瞳を閉じ――、

「……んっ」

「……ふ、ふぅ」

暗闇のなかで感じられる、冷え切った唇の感触。だけどすぐに熱が灯って、身体の中を心地よく巡っていく。

その瞬間――、ピューーッ、どこからか指笛が聞こえてくると、いくつもの赤い閃光弾が打ち上げられ、夕闇に幾重もの大輪が広がった。

オーキッド王国騎士団の使用する信号弾だが、こんな使い方をするとは――、一体誰?とっても綺麗だとは思うけど。

花火が打ち上げられた直後、眼下で展開していたオーキッド兵たちがタワー・シールドを構えると、ノヴァシュタット兵を押し返しはじめる。クリスとティリアの退路を確保するかのように。

「ミントのやつ、やってくれたな」

「えっ？　ミントが？」

「は。宿に寄ってミントに言っておいたんです。ティリア様を見つけてくるから……、ミントは兵を連れて街を出発してくれって」

「クリスったら、行き当たりばったりなんだから」

「確信はありましたけどねっ。ティリア様が私との大切な場所にいてくれて良かった。さあ、私たちも街を発ちましょう。下に馬を待たせてあります」

「……うんっ」

クリスの手を取ると、尖塔の螺旋階段を一気に駆け下りる。そこに待っていたのはクリス愛用の白馬だ。

クリスは鐙に足をかけると軽やかに白馬に跨がり、こちらに手を差し出す。

「ティリア様、こちらに。ユグドラシア礼拝堂に向かいましょう！」

「うん。望まれない出発になりそうだけど……」

「もう、貴女を手放すことはないでしょう。……もう二度と」

クリスの手を取ると、腕がすっぽ抜けそうなくらいに引っ張られたかと思うと、クリスの前の席にすっぽりと収まっていた。

「なんだかクリスったら白馬の王子様みたいね」

「王子様ですか。まぁ、それもいいでしょう。それじゃあ行きますよ！」

クリスが手綱を引くと、白馬は前足を上げて高らかに嘶いた。

「さあ、ノヴァシュタットの兵たちよ、道をあけよ！　そして王に伝えるがいい！　このオーキッド王国騎士団長クリス・ベロニカが新たな眠り姫の騎士となることを！　道行くものはこの光景を胸に刻み込むがいい、私たちが眠り姫とその騎士だ！　そなたたちを、獣の夜から守ろうぞ！」

嘶く白馬が征く先の人垣は、左右にパックリと割れる。クリスは堂々と馬を歩ませると、オーキッド兵たちも後に続く。

騎士たちの行く先を、夕闇に広がる七色のオーロラが照らし出していた。

第八章　初夜

　ユグドラシア礼拝堂――。それは巨大な大樹の袂に建てられた、ゴシック建築の粋を結集して作られた石造の礼拝堂だ。

　礼拝堂の正面に立つと、白亜の尖塔が木漏れ日を受けて煌めいている。

　神々を賛美する彫刻が施された扉から一歩踏み込めば、そこは静寂に包まれた空間となっている。ステンドグラスに透かされた日差しがいくつもの長椅子を照らし、神秘的な空間を作り上げていた。

　言い知れぬ畏敬の念に襲われて、クリスは隣に立っているティリアの手を強く握る。するとティリアもギュッと握り返してくれた。

（人の手でこのような光景を作り出せるものなのか）

　クリスは感嘆のため息をつき、目を細める。礼拝堂の正面には大理石を掘り出した慈愛と眠りの女神であるポピレアの像が鎮座している。あまりの大きさに、見上げていると首が痛くなってしまいそうだ。その右手には杖が握られていて、ダイヤモンドの宝石が煌めいていた。

　ローブの細緻な意匠までも掘り出されたポピレアは、純白の身に柔らかなステンドグラスの光を受けていた。

ポピレアの像がおわす台座の下には一つのベッドが置いてあり、シーツのしわの一つもないほどに手入れが行き届いている。

「あのベッドがわたしとクリスが眠りにつく場所、なんだよね」

「きっとそうなのでしょう」

頷きながらも、クリスは思わざるを得ない。

（ついにここまで来ることができたか……）

つい先日……おとといにノヴァシュタットの尖塔で眠り姫の騎士になると宣言してから、随分遠いところにまで来てしまったような気がする。

ノヴァシュタットを発ってからというもの、できるだけ早く離れる必要があったから、ミントとは未だ細かい話を詰めていない状況だった。

静まりかえった空間で、ある種の緊張感を覚えていると、

「クリス、ティリア様。ちょっといいでしょうか」

落ち着いた声に振り返ると、そこに立っていたのはミントだった。無言で歩き出すミントの背中を追っていくと、礼拝堂の脇にある小さな部屋へと通される。そこは応接室として使われているのだろう。足の低いオーク材のテーブルの四方を革のソファーが囲んでいる。

「どうぞ、おかけになってください」

ミントに促されるがままにソファーに座ると、ティリアもその隣にちょこんと座る。

ミントは、こほん、咳払いをすると向かいのソファーに身を沈め、口を開くのだった。

「さて、私が言いたいことは分かっていますよね、クリス」

「あ、ああ……」

「まったく、尖塔での公開告白から、眠り姫の騎士に名乗り出るだなんて……、本当に大それたことをするんですから」

「ミント、私の想いが分かっているのだろう？　私はティリア様にこの身を捧げたいんだ。昔から……ティリア様と出会ったときからこの気持ちに変わりはない」

「眠りについたが最後、永遠に目を覚ますことがないのですよ？」

「承知の上さ。それにティリア様と一緒に旅立つならば身に余る光栄というもの」

「クリス……」

ティリアの小さな手にギュッと握りしめられて、クリスも握り返す。生命の半分をティリアに捧げたときに改めて誓ったのだ。もうこの温もりを手放すものか、と。

「しかしティリア様、クリス。女同士だなんて前例がないこと。どのくらいの期間《永遠の午睡》が続くかも分からない。それでもクリスは騎士になるというのですか？」

クリスの決意を試すかのような、ミントの問い。クリスの瞳には、一点の曇りもない。

「ここでティリア様を一人で送り出すような真似をしたら、絶対に後悔する……。私は、もうティリア様のことを手放したくないから……」

「わたしも、クリスが一緒にいてくれるなら、どんなに辛いことでも乗り越えられる」

クリスとティリアの真っ直ぐな視線を受けてさえも無表情だったミントだが……、しかし根負けしたのだろう。短くため息をつくと口を開く。

「二人の気持ちはよく分かりました。しかし……一つだけ懸案があります」

「懸案？　なんだよそれ。まさか女同士だと認められないとかいうんじゃないだろうな」

「いいえ、それは前例がなかったからやってみなければ分かりません。それを試すためにクリスとティリア様には、お互いの愛を確かめ合ってもらうことになります」

そういえばティリアが以前、眠り姫とその騎士は一度だけ初夜を過ごし、そのときに絶頂を極めなくてはならない――、なんて言っていたことがあったっけ。そのせいでキスの練習に付き合わされたり、絶頂を知らぬティリアに振り回されたりしたのだけど。あのときは眠り姫の騎士として自分が名乗りを上げることなど許されないと思っていたのに。

「わ、私はティリア様となら……、できる、と思う……」

「わたしも……クリスとなら……。ううん、クリスだからこそ一緒になりたいの」

「分かりました」

ミントはソファーから立ち上がると、戸棚から二つの小箱を取り出す。

小箱を開けてみると、しまわれていたのはシンプルなプラチナリングだ。ただし宝石が嵌まっていたであろう石座には、なにも嵌まっていない。そんな指輪がそれぞれの小箱に収められていた。ミントは二人に目配せをすると口を開く。

「いいですか？　これから二人の愛を女神ポピレアに認めてもらわなくてはいけません。それが成功すれば、この空席の石座に愛の結晶である宝石が生み落とされるのです。その宝石が石座に嵌まると結婚指輪となって女神ポピレアから認められたことになるのです」

「つまり、ティリア様と……す、するのか……」

「クリスにならどんなに凄いことされても大丈夫だもん」

気合十分のティリア。マゾの血が騒いでいるのだろうか。だがミントは言うのだった。

「しかし今まで長い歴史のなかで、女同士の組み合わせは例がありません。もしもポピレア様から認められない場合は……前例を考えると、たった一人で眠り姫になった少女と同じ五年の運命……」

「深い、愛か……。クリス、ポピレア様に、わたしたちが熱々なところ見せてあげましょう。きっとわたしたちならできる……」

「はい、ティリア様。そ、その……今夜はよろしくお願いします」

どうやら今夜はかなり激しいことになりそうだ。いまのうちに覚悟を決めておかなければ。人知れずクリスが覚悟を決めていると、ミントは『やれやれ、お熱いことで』といった感じでため息をついてみせるのだった。

「それではお二人には、初夜を迎えるにあたって準備をしてもらいます。結婚は女神ポピレアに認められたあと、明日挙式します。あんまり羽目を外さないで下さいね」

礼拝堂の一角は居住スペースになっているらしく、クリスは粛々と初夜を迎えるにあたっての準備をすることになった。

大浴場で身体を清め、新しい下着を身につけ、髪を梳く。

こうして磨き上げた身体を包み込むのは純白のドレスだ。

クリスが通された一室には様々なウエディングドレスが所狭しと並んでいた。

「ウエディングドレスって一言でいってもこんなに色々あるのか。凄いな」

どれも真っ白のドレスだから同じかと思ったけど、どうやらそれは違うようだ。胸が強調されるものや、背中が開いたもの、それにスカートに薔薇があしらわれたものもある。

「クリス、準備はいいですか？」

どのドレスにすればいいのか迷っていると、出し抜けに部屋に入ってきたミントに声をかけられる。

「いや、あんまり種類があって迷ってたところだ。あんまりヒラヒラしているのはちょっとなぁ。動きやすいやつとかないのか？」

「ウエディングドレスに機動性を求めないでください。それでも、これなんてどうでしょうか。スカート丈も比較的短いようですし」

「うーむ、しかしちょっと背中が開きすぎてないか？　これでは剥き出しだぞ」

「こういうデザインこそ、クリスに似合うというものでしょう。さあ、ティリア様の着付けはもう終わっていますよ。新郎が待たせるわけにはいかないでしょ」

「し、新郎って」

やはり問答無用でこうなるのか。それならせめて騎士の礼装で結婚式に臨みたいのだが。

そんなことを考えているとミントに問答無用に着付けさせられていく。

「な、なんかヒラヒラしてて落ち着かないな」

「よく似合っていますよ。健康的な美しさが眩しいですね」

「む、むぅ……」

ミントに褒められて、なんだかむず痒くなってきてしまう。なにしろ今まで騎士として男として育てられてきたのだ。いきなり女子女子した服の頂点であるところのウエディングドレスに身を包むと、どうにも恥ずかしくなってきてしまう。

「ほ、本当に似合っているのか……？」

「ええ、もっと自分に自信を持って下さい」

姿見の前でくるりとスカートを回してみると、背中は剥き出しになっているし、スカートの丈は太ももが見えるほどに短い。白のニーハイソックスを穿いているから生足ということはないけど、やっぱり太ももを晒すのは抵抗があった。

「本当に似合っているのだろうか……？」

姿見の前で首をかしげていると、控えめに部屋のドアが開いて……、ひょっこりと顔を出したのはティリアだった。

「わぁ……」

ティリアは花が咲いたかのような笑みを浮かべてみせた。

「クリス、とっても似合ってる。凄く綺麗……」

「ティリア様こそ……お美しいです……」

純白のウエディングドレスに身を包んだティリアは、同性であるクリスさえも見とれてしまうほどに美しかった。

ふっくらとしたバストラインはしっかりと押し上げられており、華奢な肩は出ている。花びらのようにふんわり広がるスカートには胡蝶蘭があしらわれていて、裾が躍るたびに蝶が舞っているようにも見えた。

「お二人ともお似合いで。それでは初夜の準備が整っていますので、こちらにどうぞ」

普通であれば結婚式を終えてから初夜となるが、眠り姫とその騎士はポピレアの前で愛を確かめ合って認められなければならない。

ミントに案内されるがまま礼拝堂の二階へと登ると、そこは礼拝堂を見下ろすことができる広々としたロフトのようなスペースになっていた。

目の前には、一階に建てられている大理石の巨大な女神ポピレアの顔に当たる部分が見えている。ポピレアに見守られるようにして一つのキングサイズのベッドが置かれていて、そこには薔薇の花びらが散らされていた。

「ティリア様とクリスは、ここでポピレア様に愛を認めてもらうことになります。やり方は……分かっていますよね？」

「うん。クリスといっぱい練習してきたから大丈夫！」

「ま、任せておいて下さい」

☆

「な、なんだか改めてこういうことをするって思うと、変に意識しちゃうね」

「は、はい……」

二人でキングサイズのベッドに腰掛けて足をブラブラさせていると、なんだか変に力んで緊張してきてしまう。

いままではティリアに振り回されてばかりだったけど、いまのクリスは違う。少なくとも、新郎としてティリアをリードしなくてはならない……、と思うと、やはり緊張してきてしまって、なにもできなくなってしまう。

それに誰かに見られているような気がするのは気のせいではないのだろう。

礼拝堂の巨大なロフトのようになっているベッドルームを、吹き抜けになっている一階から突き抜けるように建っている女神ポピレアが見守っている。なんだかエッチをするところをポピレアに見られている気分になってきてしまう。

ミントから受け取った空席の結婚指輪は、近くのテーブルに並べて置いてある。ポピレアから愛を認められると宝石が嵌まるそうだが……。

「あの……さ。クリスはわたしと初めてキスしたときのこと、覚えてる？」

隣に座るティリアは出し抜けに、どこか後ろめたそうな声色でそう訊ねてくる。

なにを今更？　どうやってリードしようかとか、それにしてもポピレア像の視線が気になるとか、そんなことで頭がいっぱいになっていたクリスはキョトンとしてしまう。そんなクリスに、ティリアは返事を待たずに言葉を続けた。

「わたしは覚えてる。多分、人生で一番心臓がドキドキした瞬間だから」

「え？　初めてキスしたとき……そんなご様子ではなかったように思いますが」

クリスもハッキリと覚えているが、あの日のティリアはいつもどおり小悪魔のような笑みを浮かべて――、いや、でも確かにいつも以上に強引だったような気もする。

「あのときね、胸のドキドキがバレないように頑張ったんだから」

はにかんだ笑顔を浮かべるティリアは更に続けた。

「あれはわたしの一世一代の大ばくちだったのよ。だってクリスがあの日、キスをしてくれなかったら……わたし、クリスのことは完璧に諦めようって思ってたから」

続けて明かされる胸の内も、はにかんで。逆にクリスは思わず表情が強ばってしまう。

「そんな覚悟を……どうして……？」

「わたしがクリスでひとりエッチしちゃってたの。見てたでしょ」

「な、何故それを⁉　……はっ」

目を見開き「しまった」と口をつぐむクリスに、ティリアは「やっぱりね」と微笑む。

「あの日の夜、眠る前にトイレに行こうとしたら扉の前の床がランプの油で少し濡れていることに気がついたの。それで、もしかしたらって」

「……それだけでは、私とは分からないのでは。ミントかも」

「でもクリスだったんでしょ？」

「うう……はい」

「あの日のわたしね、クリスに見られちゃったかもって思っただけで心が割れそうだった。好きな人にエッチなところを見られたばかりか、告白までしちゃっているんだもん。しかも直接言ったわけじゃなくて、聞かれただけ」

「はい」

「そんな事を抱えながらずっと過ごすなんて、わたし辛すぎて耐えられないなーって。それにずっと一緒にいるクリスにも迷惑をかけちゃうし。だから賭けをすることにしたの」

「賭け？」

「あの日クリスにキスをしてもらえたら勝ち。少しでもクリスが嫌そうにしたら、負け。負けた時は……この気持ちは閉じ込めるつもりだった」

予行演習だとか、嘘泣きだとか、なんだかやたら断りにくい理由付けは賭けに勝つために必死に考え出したものなのだろう。そもそもそれは賭けになるのか、という疑問は脇に置いといて。

「嫌がるわけないじゃないですか」

「……うん。だからね、とっても嬉しかった。えへへ……」

あの日の背景を知ったから、余計にクリスは、愛おしいその笑顔を心ゆくまで抱きしめたくなる。

ティリアも秘密を打ち明けたからか、どこかスッキリとした表情になっていた。

「そうだ。ミントがアロマキャンドルを用意してくれてたよね。早速使ってみよっか」

「私がつけます」

ベッドサイドのテーブルには、桃色のアロマキャンドルが置かれていた。クリスが慣れない手つきでマッチに火をつけるとふんわりと甘い香りが漂ってくる。

「いい香り。お城の薔薇園みたいな柔らかくて……なんだか懐かしくなってきちゃった」

「ずいぶん遠くに来ましたからね……。二人で長い道のりを」

「うん……。これからもずっと一緒……」

アロマキャンドルにはリラックスする効能もあるのだろう。不思議なくらいに緊張感が薄れていき、身体がほぐれて熱くなってきて――、

（えっ、熱くなってる……？）

そのときになってクリスは異変に気づいた。

なんだか身体が熱くなって、それに頭がポワッとしてきて、それに……じゅわり。

「あっ……」

クリスは思わず短い声を漏らしてしまう。クロッチの裏側でヌルッとした感触が広がったのだ。しかもそれはクリスだけではないらしい。

「あ、あうぅ……」

ティリアもまた、気まずそうに内股を擦り合わせている。

「ま、まさかこのアロマキャンドルは……っ」

気づいたときにはもう遅い。火を消すため動こうとした、そのドレスの衣擦れで、クリスの全身を腰が抜けそうなほどに甘い電流が駆け抜けていった。

「く、クリス……っ、も、もうわたし……あううっ、変な気持ちになっちゃってる、かも……クリスは、平気、なの……？」

「私も……、ふふ、それではポピレア様に私たちの愛を見せつけてやりますか」

「うん。見せつけてあげようよ♪」

ベッドの縁に腰掛けたまま、ティリアの頭の後ろに腕を回す。するとティリアは頬を赤らめて目を閉じてくれた。その唇は瑞々しく、緊張にかすかに震えている。

「……んっ」

「んっ、みゅう……っ」

ティリアの唇は既に熱くなっていた。更に深く口づけをすると、すぐにほぐれてくる。

（ティリア様のこと、もっと味わってみたい……）

その欲望に、抗うことなどできるはずがなかった。クリスは舌を伸ばす。

「うっ、んにゅう！」

舌の侵入に一瞬だけ身体を硬くしたティリアだけど、すぐに身体の力を抜いてくれた。

口内に潜り込んできたクリスの舌に、ティリアはまなじりを下げて舌を絡ませてくる。

その勢いのまま、ティリアをベッドに押し倒す。

「んっ、ふう……、ティリアさまぁ……、もっと、もっと……んっ、ちゅうっ」

「クリスの舌、凄くエッチだよぉ……っ」

まるで舌が欲望を象徴する軟体生物になったかのように絡まり合い、熱を帯びてくる。

姫君の舌先は淫靡に震え、女騎士の腔内へと蕩けていく。

(ティリア様の舌……凄く熱くなってる。そういえば……)

クリスは舌を絡め合いながら、ファーストキスの記憶に思いを馳せる。

(初めてキスしたときは唇を噛んでしまって大変だったっけなぁ……。でも、姫様は気持ちよさそうにしてて……)

ファーストキスを交わしてからティリアにせがまれるままにエッチなことをして……、そしてまさかのマゾ体質だと判明したときにはどうしたものかと思ったけど。二人はこうして同じベッドで愛を交わしている。

クチュクチュと淫靡な音が脳内に反響して、意識までも熱に溶かされていく。

「んっ、ちゅ、ちゅぅう……っ、はむっ、はふぅ……っ、ティリア様の舌……っ、熱くて、ううっ、もっと……っ」

「んっ、にゅう……っ、クリスったら大胆……っ、あっ、うう……んっ」

ジュルルル……ゴクリ……っ、どちらからともなく唾液をすすり、飲みこむ。ただでさえ溶けそうだった意識が混濁していく。

(姫様の熱をもっと感じたい……っ)

そう思ったクリスは本能のままに、腔内へと潜り込んできている姫君の舌を噛んでいた。

痛みを感じることのない、ほんの些細な甘噛み。

だけどマゾとしての快楽を植え付けられたティリアは、もっと欲しいとせがむように舌を絡ませてきた。

「クリスぅ……。もっと、強く噛んでも、大丈夫、だから……っ」

「ひ、姫様……っ、んっ、んっ」

加減をしながらも舌を甘噛みすると、ティリアの口からブワッと熱い唾液が溢れ出し、クリスの女騎士としての思考を蕩けさせる。

マゾとしての快楽に目覚めたティリアは、甘噛みにさえもいやらしくよだれを流す体質になっていた。二人の意識が、混じり合った唾液のように蕩け合っていく。

「ティリア様……、こんなに熱くなられて……！　もう私は！」

「うん……、わたしも準備、できてると思う、から……」

クリスのクロッチの裏側は、すでにヌルヌルになっていた。純白のショーツはすでにエッチな染みを浮かせて、秘筋に食い込んでいることだろう。ウエディングドレスにも愛液の染みができているに違いなかった。

「ティリア様の大切な部分……」

ティリアの太ももはしっとりと汗ばんでいて、蕩けそうなくらいに熱くなっている。刷毛のように優しく触れ、ゆっくりと大事な部分へと遡上していく。

「す、凄い……。指が溶かされそうだ」

ティリアのショーツはすでにクロッチの外側にまでヌルヌルとした愛液が滲み出してきていた。あまりの量に、まるでおもらしをしてしまったのかと思うほどだ。

ヒクッ、ヒククッ……！　クロッチが食い込んでいる縦筋が、気まずそうに痙攣している。舌を甘噛みしただけでショーツの中は大洪水になっていた。

そんなマゾなクレヴァスへと指を食い込ませていくと、

「あ、あうう……！」

クチュリッ、淫らな水音とともに、ネバッとした愛液が滲み出してきた。あまりの熱に指が溶かされそうな錯覚に陥る。

「ティリア様、凄く濡れてる……。おもらししたみたいだ」

「そ、そんなぁ……、おもらしだなんてっ」

じゅわり。ティリアは切なげに身体を震わせると更に秘筋を濡らす。どうやら『おもらし』という言葉に羞恥心をかき立てられたらしい。

マゾの炎は、早くも燃え上がっているのだ。

「クリスにキスしてもらったから、だよ？　こんなにエッチな気持ちになってるのは。わたしのことを知ってるのはあなただけなんだから」

「姫様を知ってるのは私だけ……」

「そう。だからあなたの指先で、わたしをもっとエッチにして欲しい……」

「私も姫様とキスしてエッチになって……、もっといやらしくして欲しいです……」

「騎士がおねだりするなんてホントにエッチなんだから」

蕩けそうな声で言い、ティリアは覆い被さってきているクリスの下腹部に手をあてる。

短めの丈のスカートを捲り上げ、ニーハイソックスに覆われている太ももをくすぐる。

ティリアの指先から発せられた静電気に、ねっとりとした淫蜜が溢れ出した。

「ああっ、いけませんティリア様。そんなに焦らされると……、私、お汁が多いから……あ、ううっ」

綻んだクレヴァスに力を入れても、一度昂ってしまった女体は愛液を止めることができない。おしっこを我慢するときとは根本的に違うのだ。

「ふふっ、いいよ……？　わたしの指で感じてくれてるんだもん。とっても嬉しいんだから。わたしまで感じてきちゃう」

ティリアのクレヴァスからは止めどなく愛液が滲み出してきている。クリスの指先がふやけてしまいそうなほどに。

「あっ、ひっ、ひうう！」

ティリアの指先がショーツに食い込んできて、クリスは切なげな声を漏らしてしまう。

ガククッ、腰が勝手に震え、ティリアの指先を締め付けるかのように秘筋が窄まる。

汁が多すぎるのはクリスのコンプレックスの一つだった。きっとティリアの指先はおろか手のひらまで愛液でヌルヌルになってしまっていることだろう。

「クリスの女の子の部分、とっても柔らかい。それにトロトロになってる」

「ああっ、いけませんっ。これ以上触られたら……ああっ、そこは……ダメッ！」

クレヴァスの中で稲妻が弾け、女騎士は為す術なく絶頂へと突き上げられていた。

「あっ！　あっ！　ひっ、ひいっ！」

くぅうっ、歯を食いしばって弾け飛びそうになる腰を堪えるが、プシュッ、プシュッ！

まるで失禁したかのように愛液を噴き出してしまう。いや、失禁したかのような、ではない。この感覚は、もしや……！

しゅわわわわわわわわ……。

「あっ、あああぁぁぁぁぁ……」

クリスはクリトリスに触られただけで達し、あろうことか失禁までしていた。純白のドレスが恥辱のレモン色に染め上げられていき、ティリアのドレスにまで染みこんでいく。

「あっ、あぁぁっ、申し訳……っ、ありませ……ううっ、止まらない……っ。おしっこ…

…こんなときに止まらないなんて……はううっ」

「クリスのおしっこ、温かくて気持ちいーよ？　いつもわたしばかり漏らしてるから、なんか新鮮かも」

「も、申し訳ありません……っ」

「謝らないでよ。それともクリス、わたしのおもらしも、そんなに嫌だったのかな？」

「い、いえ……そんなことは……。むしろ可愛く……って、そんな恥ずかしいこと言わせないで下さいっ」

「んふっ、おもらししてるクリス、可愛いよ」

「そんなぁ……あ！　や、やぁ……っ、そこはいま敏感になってるから……ひん！」

　ティリアの指先がショーツの中に潜り込んでくると、クリトリスを直に刺激しはじめる。包皮が剥けたクリトリスを円を描くように刺激し、甘美で弾けるような刺激が全身を痺れさせていく。

　クチュ、クチュクチュ、クチュチュチュ……ッ。

　いつしかおもらしは終わって、その代わりにクリスのショーツの中は愛液が洪水のように溢れてドロドロになっている。

「あーあ、クリスのおもらし、終わっちゃった」

「む、むぅ……。そんなにがっかりしないで下さいよ。恥ずかしいんですから」

「気持ちよかったのになぁー。ほら、わたしのおまた、熱くなってるでしょう……？　クリスのおもらし、おまたに染みこんできて……、もうおぱんつもお尻のほうまでグショグショだよ。おまた、熱くなってるの、分かる、よね……？」

「は、はい……」

　ティリアのショーツのなかに指先を潜り込ませていくと、すでにそこはネットリとしたマグマ溜まりのようになっていた。

「ティリア様のぱんつの中、凄く熱くなってる……」

「クリスのおもらし浴びたからだよ」

どうやらティリアはおしっこをかけられて、マゾとして更に燃え上がっているらしい。秘筋に指を潜り込ませていくと、悩ましげに腰を振っている。

「ううー、クリスったら、もっと強く触ってくれてもいいのに」

「で、でも……ティリア様のことを傷つけたりなんかしたら大変ですし」

「これから痛いこと、ティリアにしてもらうんだよ？　いまから躊躇ってたら先が思いやられるよ」

「……確かにそうですね。こ、ここですか……」

「はっ、はんん～～！」

柔裂の狭間でコリッと固くなっている器官に触れ……更には爪で弾いた瞬間だった。ティリアは三日月のように弓なりに背筋を反らすと、プシュウウ――！　勢いよく潮を吹き出したではないか。

「あっ！　ひっ！　ひっぐ！」

ティリアは言葉にならぬ嬌声《きょうせい》を上げ、全身を痙攣させる。そのたびにショーツからくぐもった水音が聞こえてきて、ムッとした女臭が蒸れ返っていく。

（ああ、ティリア様が私の手で気持ちよくなってる……。卵も割れない私の指で、姫様が飛んでいるんだ……！）

もっとも、卵さえも割れないほどに不器用だからこそ、ティリアは昂ってくれているのかもしれない。できるだけ丁寧にと心がけていても、ティリアの一番敏感な部分は、クリスの手によって調教されているのかもしれなかった。

「ティリア様、もう我慢できません……っ」

「わたしも……、んっ、ちゅううっ」

堪らずにキスを交わすと、ティリアも情熱的に受け入れてくれる。舌を絡ませ、口内から唾液が溢れ出し、それとともに愛液も溢れ出してきて――、

「あっ、あっ！　いいっ！」

「んっ、はっあん！」

クリスとティリアはキスを交わしながら同時に達していた。

ウエディングドレスに包まれた純白の身体が痙攣し、絡み合い、溶け合う。アロマキャンドルの甘い香りと二人の匂いが混じり合い、濃密な蒸気となって立ち昇っていった。

「はぁ、はぁ、はぁ……。ティリア様のキス、凄く良かったです……」

「うん。溶けちゃいそうだったよ」

絶頂後の気怠い時間に身を任せるがままに、二人ベッドで仰向けになる。すると――、

「なんだ、これは……？」

クリスはてっきり絶頂したばかりで目の毛細血管がチカチカしているのだと思った。だけどそれは違うようだ。

ごろんと仰向けになっている二人の周囲を藤の花びらのような紫の粒子が舞うと、女神ポピレアが携える杖の先端部……巨大なダイヤへと吸い寄せられていくではないか。

「あ、ちょっとだけ溜まった……？」

「うん。底のほうにちょっとだけ」

巨大なダイヤの、尖った底の部分に、ほんの少しだけ紫の液体が溜まっていた。

「二人で同時に絶頂しててポピレアに認められなければならない……、つまりティリア様と同時に絶頂すれば、あのダイヤに紫の液体が満たされていく、という仕組みなのか」

「でも、ほんの少しだけだよ？　あと十回か……それとも二十回くらいかな？」

「ははは……。まだまだ先は長いですね」

「わたしたちがラブラブなところ、ポピレア様に見せつけてあげよう」

まだ物足りないと言わんばかりに、ティリアは上に覆い被さってきた。お互いのスカートを捲り上げて純白のショーツを晒し、擦りつける。

ショーツ越しだというのに、二人の剥けきったクリトリスは甘美な電流を奏でる。

「あっ、あぁぁ……！　おぱんつぐちゅぐちゅになってる……うぅっ！　クリスのお汁、おまたに染みこんでいて……はんん！」

「そんなに押しつけられると……はっぐう！」

マゾに燃え上がったティリアは乱れるあまりに、より一層敏感な突起を押しつけてくる。

恥丘と恥丘がぶつかり合い、歪んで蕩け合う。

蜜壺の中にティリアの愛液が逆流してきて、身体が内側からも蕩けていく。

「し、子宮に……っ、姫様のお汁が染みこんできて……！　ひっ、ひん！　お腹、キュンキュンして……！　子宮、溶ける……っ」

「クリスったら、すっかり女の子の顔になってるんだから。可愛いの♪」

「か、可愛いだなんて……っ」

「可愛い可愛いわたしのナイト様……、クリスの初めて、もらってもいいかしら？　わたしに捧げて欲しいの」

「よ、喜んで……。ティリア様に捧げられるのならば、これ以上の喜びはありません」

「ありがとう。そう言ってくれて、とても嬉しい。だから……、クリスにも受け取って欲しいの。わたしの初めて」

「み、身に余る光栄です……っ」

「それじゃあ……、わたしのバージンをもらってください、ナイト様」

「はい……」

女騎士は姫の身体に覆い被さると、ショーツの中へと指を入れてクレヴァスの深いところにまで指を忍ばせていく。

「あっ、ううっ、クリスの指、入ってきてる……ううっ！」

「ティリア様も、どうか私のなかに入ってきて下さい。多少の痛いことならば修練で慣れていますゆえ、なにも心配はありません」

「うん……。クリスの初めて、もらうね……？　一緒に、一緒に……行こう？」

「はい。どこまでも……くっ、くううっ」

ティリアの指先がクレヴァスに触れると、淫洞へと潜り込んでくる。クリスもゆっくりとティリアの淫洞へと指を潜り込ませていき……、

「ティリア様のなか、ぬるぬるしててとっても熱いです」

「クリスのなかも、熱いよ……？　あ、ここから先は狭まってるみたい」

「くっ、そうみたい、ですね……っ、ティリア様のここも……、狭くなってる……っ」

「んっ、んんんうっ、これは結構痛い、かも……っ」

マゾなティリアでさえも痛いと思うのか……？　クリスは耳を疑ってしまう。それほどに処女膜は二人の指先を拒んでいた。

（ティリア様、キス……っ）

上から浴びせるようにティリアの唇にキスをすると、ティリアも舌を絡ませて受け止めてくれる。グチュグチュと唾液が混じり合う音が脳内に反響し、蜜壺からの愛液も白く泡立ったものが溢れ出してくる。

ティリアの両脚がカエルのように開かれる。痛みから逃れるためなのだろう。それだけ必死になってクリスのことを受け止めようとしてくれているのだ。

「ティリア様、行きますよ……！」

「うん……っ、わたしも……、クリスのところに……行く！」

ティリアの指先が潜り込んでくると、股間が引き裂かれるかのような痛みに襲われる。今までの修行で受けた痛みが可愛く感じられるほどの激痛だ。

それでもティリアの指先は……、そしてクリスの指先もお互いの胎内を目指して食い込んでいき――、ついに、プツンッ。

股間からなにかが切れる音が伝わってくると、ティリアの指先が一気に深いところにまで食い込んでくる。そこはまだ自分でさえも触ったことがない未知の領域。

「あっ！」

クリスの指先もまた、ティリアのバージンを奪っていた。

指先に、ブチ――ッ、取り返しのつかない感触を残して、ティリアの膣内へと指がのめり込んでいく。ヒクヒクと小刻みに痙攣しているティリアの股間からは、愛液と破瓜の血が混じり合ったものが溢れ出してきていて、純白のショーツを桃色に染めていく。

おしめを替えられる赤子のように脚を開いて痛みを堪えているから、クリスは自分の指で股裂きにしてしまったかのような、そんな罪悪感を感じていると――、

「あ、だめぇ……っ」

ブルルッ、ティリアが短く身震いすると、生温かい恥水が手のひらに弾ける感触。

どうやらティリアは破瓜の痛みのあまりに失禁してしまったようだ。

「ティリア様……っ」

おもらしをしたティリアが急に愛おしくなって、クリスは両手でティリアを抱きかかえると、ギュッと太ももを押しつける。ティリアも太ももを股間へと押しつけてくれて、どちらからともなく腰がうねり、快楽を貪るかのように股間と太ももを押しつけ合ってダン

スを踊る。

「ティリア様と一緒になれてる……！　ああ、こんなにも熱く溶け合えるなんて……！」

「わたしの初めて、あなたに捧げられてよかったよぉ……あっ、うう！　あっ、ああ！　熱いのが……溢れ出して……くる……！」

破瓜の痛みに失禁した姫君は、その羞恥心さえも官能の炎に焼《く》べて昂っていく。

「クリス……っ、わたし、そろそろ……っ」

「ティリア様、来て、下さい……っ」

その瞬間、視界が真っ白に包まれて、すべてが弾け飛んだ。

二人の周囲に紫の粒子が舞い上がり――、ダイヤモンドへと吸収されていく。

「おお、ずいぶん溜まってる」

「ホントですね……。初めて、凄かった……」

破瓜の痛みを乗り越えたせいか、ダイヤの三分の一ほど溜まったようだ。

これならばあともう少しでポピレア様に認めてもらえそうだ。そう思って第二ラウンドといこうと思ったが……。ぐう～、切なげに腹の虫が鳴いてしまった。

「むぅ、こんなときにお腹が鳴ってしまうなんて……申し訳ございません」

「気にしないの。それに、もうそろそろ夕飯だし。お腹減ったよね」

そんなことを言い合っていると、不意にドアがノックされる。ティリアが入室の許可を出すと、静かにドアが開かた。

ベッドルームに入ってきたのは、銀のキッチンワゴンに夕食を載せたミントだった。

「お食事をお持ちしました」

ワゴンに載せられている料理はサンドイッチや野菜スティック、それにローストビーフ。それに香りのいい湯気を上げている紅茶。手を汚さずにすぐに食べられるメニューなのは、もしかして気を遣ってくれているのだろうか。

ミントはこちらの様子……乱れているウエディングドレス……を見てから、ポピレアが携えているダイヤモンドに溜まっている紫のエキスを一瞥すると、

「どうやら順調のようでなによりです。それではわたしは退散……」

「ありがとね、ミント！」

ティリアの礼に、ミントはほんの少しだけ微笑を浮かべると部屋を出ていった。

「さて、いっぱいごはん食べて、第二ラウンド行ってみよう〜。……って、あれれ？」

ベッドから降りようとしたティリアだけど、とたんによろめいてしまう。どうやら破瓜の痛みに足腰が立たなくなってしまったようだ。クリスもその感覚はよく分かる。

「私がとって差し上げます。サンドイッチはなにがいいですか？」

「お肉！　ジューシーなの食べたい！」

「やっぱりこういうときは肉ですよね。……私も肉にしよっ」

ティリアがサンドイッチを一口食べたのを確認してからクリスも食べる。ジュワッとし

た肉汁が溢れ出してきて、スパイシーな味付けがいいアクセントになっている。

　食べてるだけでお腹の底が熱くなってきて……って、おい⁉

「ま、まさかこの感覚は……⁉」

「あはっ、なんだか身体熱くなってきちゃったね」

　身体が熱くなって、クリスは堪らずにドレスの胸をはだけてしまう。露わになった乳房の頂はツンと勃起し……、クリスは自分の身体のことながら目を疑ってしまった。なにしろ、乳首から乳白色の雫……母乳が滲み出してきていたのだ。

「これは……、このスパイスはまさか……、ミルシナモンか⁉」

　ミルシナモンを食べたものは、どんなに身体が冷えていても立ち所に身体がぽかぽかと温まり、母乳を噴くと言われている。

　しかしあまりにも高級なために入手は困難と聞いていたが……。

「そういえばミントが以前言ってたっけ。お城の薔薇園でスパイスを作ってるって」

「さすがミント恐るべし……」

　特製スパイスのせいか、見る間に料理は二人の胃の中へと消えていき、仕上げに香りのいい紅茶を飲む。これでたくさんキスしても大丈夫だ。

「さーて、第二ラウンドといきますか！」

「うん。……あっ、ちょっと待って。わたしも、きちゃったかも」

　ティリアは頬を赤らめながら胸を押さえてみせる。ドレスの双丘の頂に、隠しきれないほどの暗い染みが浮き上がっている。

「ティリア様の母乳、どんな味がするんでしょうか」

「そ、そんなの知らない。……確かめてみたらどうなのよ」

「そうさせてもらいます」

第二ラウンド開始と言わんばかりにティリアをベッドに押し倒すと、ドレスの胸をはだける。するとムッ……、とした甘いミルク臭が立ち昇ってくる。

はち切れんばかりに実った乳房の頂から、甘い果汁が溢れ出してきていた。

「これがティリア様のミルク……」

揺らめくランプに浮き上がる母乳は、ずっと見つめているのが禁忌ではないのかと思えるほどに蠱惑的だった。赤ん坊でもないのに母乳にしゃぶりつくなど絶対におかしい。それは理解しているが——、

「ティリア様、御免ッ。……はむっ」

「きゃんっ、そんなにしゃぶりつかないのっ。クリスったら甘えん坊さんなんだから」

「でも……、甘い……んっちゅ……ちゅ……ちゅう……っ」

ティリアの母乳はほんのりと甘かった。だけどサラッとしていて、どんなに飲んでも物足りなく感じてしまう。

「もっと……んちゅ……んちゅ……」

「あっ、ひっ、ひあ!? そんなに吸われると……あんっ、なんか変な感じ、してきちゃう

う⁉　あっ、だめ、おかしくなるっ」

ううっ、とティリアが唇を噛みしめて痙攣すると、

ぷっしゅううううう！

勢いよく母乳が噴き出してきたではないか。

「あっ！　あっ！　あっひい！　おっぱい、痺れちゃって……出ちゃうッ、よぉぉ！」

プシュッ！　プシュッ！　プッシャアアアア！

それはまるで噴水のようだった。ティリアのなみなみとした乳房が波打つたびに母乳が噴き出してくる。

「ああっ、ティリア様、申し訳ありませんでした。ティリア様が美味しくて、つい……」

おっぱいから口を離すと、そこにはクリスの歯形が刻まれていた。だけど……いや、だからだろうか？　ティリアの頬は、マゾに赤く燃え上がっている。

「クリスがおっぱい吸ってくれて、あはっ、なんだかポワッとして気持ちいいの。おっぱいあげるって、こんなに心地いいことだったんだね」

「でも、姫様のおっぱいに歯形をつけてしまいました」

「悪いと思ってるならぁ、わたしもクリスのおっぱいもらおっかな。……んちゅ♪」

「はひん！」

ティリアに乳房を咥えられて、クリスは騎士にあるまじき嬌声を上げてしまう。柔らかな唇から舌が伸びてくると、チロチロと乳首を転がされているのだ。

「ちょっ、ひっ、ひん！　姫様っ、いけませんっ、くすぐったい！　ああっ、歯が、あぁん、食い込んできて……っ」

「んふふ、その甘噛みもだんだん気持ちよくなってくるよ？　あ、でもちゃんと加減してあげるから安心してね♪」

「はっ、はひぃ！　らめっ、おっぱい、舌でくすぐられ……ひっ、ひぐ！」

ぷっしゅううう！　クリスは堪らずに射乳していた。乳房が波打つたびにドピュドピュと母乳が噴き出してくる。

母乳が噴き出すたびに紫の花びらが舞い上がり、ダイヤへと吸収されていく。いつしかダイヤのエキスは、半分を超えていた。

「わあぁ……クリスのおっぱい、こんなにたくさん出てる。ぺろ、ぺろぺろ……」

ティリアは飼い慣らされた犬のようにクリスの身体に散った汁を丹念に舐め取っていく。その柔らかな感触がクリスを更なる高みへと持ち上げていく。

「ああ、ティリア様……、ティリア様と溶けたい……」

「うん……。一緒に、溶けよう。わたしたちがラブラブなところ、見てもらおうよ」

照れ笑いのように覗き込んでくるティリアのスカートへと手を忍び込ませていき、ゆっくりとショーツを降ろしていく。ティリアのショーツはすでにネットリと濡れそぼっていて、うっすらと破瓜の血が付いている。

クリスもショーツを脱ぐと、同じように破瓜の血が混じっていた。

（ティリア様の初めてをいただき……、そして捧ぐことができた……）

　正直まだ股間がジンジンして痛いけど、こうしてショーツに染みた破瓜の血を見ると、改めて実感することができる。

（私はこんなに幸せでいいのだろうか？）

　この旅を最後に別れが訪れると思っていたのに、ティリア様とずっと一緒にいられるだなんて。そう思うと、急に涙が溢れ出してきてしまう。

「ど、どうしたのかな⁉　クリス、そんなにおまた痛いの⁉」

「いえ、そうじゃなくて……。騎士だって、嬉しくて泣くことくらいあるんですよ」

「わたしもクリスと一緒にいられて、本当に嬉しい……。ずーっと昔から大好きでした」

「私も、姫様のことを……んっ」

「来て……、クリスのこと、全部受け止めるからさ」

　ショーツを脱いで露わになった二人の秘部は、赤ん坊のようにツルンとした恥丘。

　ティリアは仰向けになって、クリスを受け入れようと足を広げる。

　縦筋と縦筋が合わさり、目が覚めるような電流が背筋を駆け抜けていく。固く勃起したクリトリス同士が共鳴し、快楽を増幅しているようでもある。

「あっ、あああ！　クリスのお豆が擦れて……っ、熱いの流れ込んでくる……っ」

「くううう！　ティリア様……っ、あっ！　そんなに擦られると……はっ、はひぃ！」

　グチュグチュグチュ！　秘筋に本気汁を溢れさせ、母乳を噴き続けている乳房までも擦

り合わせて快楽を貪り合う。

愛液と母乳が混じり合い、このまま二人の身体までも融合しそうなほどに溶け合い――、

「あっ、あんんんん！　も、もうわたし……ッ！　クリス、来て……！　わたしの一番深いところに！　……んみゅう！」

これ以上の言葉はいらないと言わんばかりにティリアの唇を奪う。

クリトリスと乳首と唇の三つで繋がり合い、熱までも融合し一つになる。

「アッッッッ！　ンンッ！」

「くっ、くぅぅぅぅっ！」

唇を重ね合いながらの、言葉にならない絶頂。

その瞬間――、二人を藤の花びらが包み込み、舞い上がり、それはダイヤへと染みこんでいき、ついに紫色の液体で満たされる。

「……やった。これでわたしたちの愛が認められたっていうことなんだよね？」

「た、多分そうだと思いますけど……」

二人してポピレアが持っているダイヤを見つめていると、トクンッ、ダイヤのなかで光が脈動し、渦巻き、やがて紫は赤と青に分かれ――、その光は空席の結婚指輪の石座へと収まると一粒の宝石へと姿を変えていた。

片方は、燃える薔薇のようなルビー。

もう片方は、透ける青空のようなサファイア。

指のサイズが小さいほうがルビーということは、ティリアがルビーで、クリスがサファイアなのだろう。

「これでやっと……」

「わたしたちの愛が認められたっていうことだよねっ」

「はい、そうですね……。本当によかった……」

「なぁに、クリスったら、不安だったのかしら」

茶化してくるティリアだけど安堵からなのだろう、その瞳からはいまにもこぼれ落ちそうなくらいに涙が湛えられている。

そうだ――、これから二人はずっと一緒なのだ。

結婚というゴールは、これから長い旅立ちへのスタート地点に過ぎない。

それでもティリアと二人なら、きっとどこまでだって行けるはずだ。


「ねえ、クリス……」

「なんです？　ティリア様」

胸の中で甘い声で鳴くティリアに応える。

あれから何度も身体を重ね合い、最初のほうこそウエディングドレスを着ていたけど今となっては二人とも一糸まとわぬ裸体となっている。

そんな胸の中でティリアは囁くのだ。

「クリスは怖くないの？　《永遠の午睡》に旅立つと、もう二度と目を覚ますことができなくなるのに……」

「私はティリア様と一緒であれば怖いことなんてありません。それに永遠の午睡についた眠り姫と、その騎士は望むがままの夢を見られるのでしょう？」

「そうだけど……。クリスはどんな夢を見たいのかしら？」

「私は……、そうですね、ティリア様と結婚して……」

「んもう、明日結婚式、挙げるんじゃないの」

「それはそうですけど……、それでも夢のなかでも誓い合って……、それで二人で森の中に一軒家でも建てて住むっていうのはどうでしょう」

「おお、駆け落ちとは熱いですねー。それで？　それで？」

「そこでは王家の血筋とか眠り姫とか、騎士とか関係なくて、自由に暮らすんです。朝に起きて太陽に喜びを感じ、花を愛で、チーズに感謝する。それでいつかティリア様とのあいだに……」

「うん。子供は何人がいいかな」

「三人くらいでどうでしょう」

「任しといて、がんばるからさ」

「やはりここでも私は花婿なんですね……」

「んー、それじゃあ、一人くらいはクリスが産んでみるのはどうかしら。大変らしいから、こういう経験は共有しといたほうがいいわよね」

「ははっ、気が早すぎますよ」

「こういうことには早すぎるっていうことはないの。それでさ、次は……そうだ、家の間取りなんてどうかしら」

「いいですね。そういうことなら……」

そんな他愛のない話をしているうちにいつしか夜が更け、そして朝日が昇り――、
ついに、そのときは訪れる。

エピローグ　永遠の午睡

　礼拝堂を貫くように敷かれた深紅のバージンロード。

　その先には大理石を彫り出して作られた女神ポピレア。その巨大な石像を背景に、見極め人として祭壇に立っているのはフォーマルなメイド服を着たミントだ。

「行きますよ、ティリア様」

「うん……」

　無垢のウエディングドレスに身を包んだクリスは、同じくウエディングドレスに身を包んだティリアと腕を組んで一歩進む。その一歩を合図に——ジャキンッ。

　バージンロードの両脇に立っているオーキッド王国騎士団が一斉に抜剣し、サーベルアーチを作り出す。

　クリスとティリアは、ゆっくりと進み……、ついに祭壇にまでやってくる。

　二人を前にしてミントは、静寂に包まれた礼拝堂によく響く声で言うのだった。

「新郎クリス。汝に問う。あなたは健やかなるときも、病めるときも、晴れの日も、雨の日も、富めるときも、貧するときも、これを愛し、助け、命の燃える限り、新婦ティリアに永遠の愛を誓いますか？」

「はい、誓います」

クリスの返事を受け、ミントは鷹揚《おうよう》に頷くと、次はティリアに向き合う。

「新婦ティリア。汝に問う。あなたは健やかなるときも、病めるときも、晴れの日も、雨の日も、富めるときも、貧するときも、これを愛し、助け、命の燃える限り、新郎クリスに永遠の愛を誓いますか？」

「はい、誓います」

「……よろしい。では、指輪交換を」

クリスはルビーの指輪を手に取ると、ティリアのたおやかな薬指に嵌め……、
ティリアはサファイアの指輪を手に取ると、クリスの逞しい薬指に嵌める。

それを見たミントは鷹揚に頷くと宣言するのだった。

「ここに新たな番《つがい》が誕生しました。二人の行く先に、慈愛と眠りの女神ポピレアの祝福があらんことを」

「さあ、ティリア様、行きましょうか」

「うん……。これでいつまでも一緒だね」

バージンロードは祭壇の先――、ポピレアのもとにまで続いている。

そこにあるのは桃、白、青、黄……様々な色の胡蝶蘭に包まれた、一つの大きなベッドだった。

ここが《永遠の午睡》へと続く旅の終着点――。

クリスは靴を脱ぎベッドに入ると、ティリアの手を取って抱き寄せる。

「これでクリスとずっと一緒……。初めて薔薇園で出会ったときからこうなることをどんなに夢見てきたことか……」

「本当に、随分遠回りをしてしまいましたね」

ティリアを抱き寄せて向き合い、包み込むようにして眠りにつく。


「それでは、良い夢を……」

ミントがランプの灯りを落として礼拝堂を後にすると、兵士たちもそれに倣って出ていく。

大勢の足音が遠ざかっていくと、礼拝堂は静寂と暗闇に満たされた。

ただ、抱きしめ合っている二人にはお互いの体温と、心音が伝わっている。

暗闇に甘くしっとりとした香りが漂い、瞳を閉じているとそれだけで森の花畑を歩いているかのような感覚に陥る。

一度眠りについたら、永遠に目覚めることのない午睡——。

その代償として、眠り姫とその騎士は望むがままの夢を見続けることができる。


「ティリア様、まだ起きていますか……?」

「うん……」

「私は、姫様と出会えて、本当に幸せでした……」

「わたしも、だよ……？」

「クリスはさ……、いつからわたしのことが好きだったの……？」

「それは……いつからでしょうか？　一目惚れしたのは確かですけど……、そこに覚悟のある美しさがあることを知ってたから、だったと思います……」

「わたしも……、クリスのこと、大好き。でも、クリスはわたしでよかったの……？」

「ティリア様だからこそいいのです。たとえ命を半分削ろうとも、一生を捧げようとも」

「ありがと。嬉しいよ、クリスにそこまで言ってもらえて」

「また、夢の世界で会いましょう……」

「……うん」

「……夢のなかでも、幸せに……」

「……うん、暮らそう……」

「……」

「……」

☆

その日から、眠り姫ティリアとその騎士クリスは永きに渡って《獣の夜》から世界中の人々を守り続けることとなり、二人の幸せな時間《永遠の午睡》は百年にも渡った。

二人はいつまでも安らかに眠り続け、その二人の脇には甲斐甲斐しく身の回りの世話をする小柄なメイドの姿があったという。

二次元ドリーム文庫 第406弾

百合お嬢様の優雅じゃない魔法少女生活

コスプレと美少女アニメをこよなく愛する桃は、ある日魔法界の女の子——メロを助けたことで魔法少女に任命されてしまう。突然のことに戸惑う暇もなく、桃が魔法少女として課せられた使命は、女の子を発情させる魔物を倒し、浄化として女の子とエッチすることだった！

小説●あらおし悠　挿絵●鈴音れな

二次元ドリーム文庫 第394弾

百合嫁バトルっ!
~許嫁と親友と時々メイド~

同性婚が認められた現代。女子校生の透は突然やってきた許嫁の詩乃と、親友の玲奈から告白をされる。やや愛の重い二人のHなアプローチに困惑する透だが、根底にある純粋な想いに心が揺れ始める。だが透への愛が暴走気味の二人は、Hをさらに過激化させ……!?

小説●あらおし悠　挿絵●相川たつき

二次元ドリーム文庫 第391弾

奴隷の私と王女様
～異世界で芽吹く百合の花～

平凡な女子校生の水城愛は、ある日異世界に迷い込んでしまう。不審人物として城に連行された愛は、王族への不敬罪で王女レインの専属奴隷になることに。冷たい態度をとるレインにもめげずに奴隷として仕える愛だったが、ある晩レインから夜伽を命じられたことで二人の関係は急転していき――。

小説●**上田ながの**　挿絵●**ここあ**

二次元ドリーム文庫 第389弾

百合エルフと呪われた姫

故郷を飛び出し人間の町へやってきたハーフエルフの少女レムは、呪いにかけられた王女アルフェレスと出会う。お互いの境遇や弱さを知り惹かれ合った二人は、呪いを解く旅へ出ることに！　険しくも淫らな冒険の中で、少女たちは呪いの真実と自らの秘密を知ってゆく……。

小説●あらおし悠　挿絵●うなっち